三民叢刊 167

情思·情絲

龔華著

三民書局印行

獻給

梅 新老師

文學結緣

梅新

我和龔華認識於三十年前。只通信，並未謀面。那時我甫自大學畢業，在編《幼獅文藝》，而她則是大二學生。

那時的《幼獅文藝》由前任主編朱橋打下基礎，無論在內容設計或印刷方面均力求精美，給人的口碑一直都很好。為該刊撰稿的作者，不分老中青，都是一時之選，而初出道的年輕作者，也以能在該刊發表作品為榮。

文壇老編與作家通信是常有的事，像名主編瘂弦，凡給他的刊物投過稿的人，無論留用或退稿，必能收到他親切的回信，我明知這對爭取作者的心很管用，但總是學不來，不過我對年輕人的來稿卻特別重視，尤其是初出茅廬的學生，即使是忙，我也要親自細看，若是長篇評論或長一點的小說，在辦公室靜不下來，我也會帶回家在客廳舒適的沙發上將它們讀完。看出富潛力的作品，我會寫一封信鼓勵一番，這習慣至今未改。

我和龔華就是在這樣的情形下認識的。

當年在採用龔華投寄《幼獅文藝》的一篇散文之後，在寄上留用通知時也給她寫了幾句我的想法，就此「認識」，不，應該是只通了幾封信，多年後，龔華告訴我，我寄給她的那幾封信是引導她走上文學創作之路的重要關鍵，她至今仍妥善收存，事實上現在若讓我看到當年所寫的信，一定會令我十分汗顏，那時我雖有幾年詩齡，但我一向拒看文學理論，創作經驗亦十分有限的情形下，信中對她的作品的意見，必定是十分幼稚的。

在與人交往方面，我最大的缺點就是記不住人名，除了辦公室同事，報社內每天見面的朋友，迎面打招呼有之，卻叫不出名字，為此不知得罪多少人。外面不常見面的朋友更別提了，見面時寒暄十分熱絡，但分手後，我會問身旁的人，方才那位是什麼大名？往往使得對方一陣愕然，不解為何看來如此熟稔的朋友，我會叫不出對方的名字？

我和龔華再次接上頭，也是如此戲劇化的場景。

有天在辦公室，忽然接到一通電話，一位自稱「臨頻」的女子，她說二十多年前曾與我通信，我心裡想：有嗎？但因她語調誠懇，我不好直說對她毫無記憶，她說有一篇稿子想投給《中副》，我在《中副》取捨稿件十分公正，從來不論識與不識，於是我請她把稿子直接寄來便可。

可能我未記起她來，讓她頗為傷感吧！等了幾天，她並未將稿子寄來，幸好她先前留下了電話，於是我去電懇切催促，並且請她把當年登在《幼獅文藝》上的散文影印一份寄給我看，因此才和她再度聯絡上。

「臨頻」是龔華在大學時代寫作時使用的筆名。看了她寄來的那篇散文〈幻〉，才隱約記起當年一些模糊的印象。的確是太久遠了，我本是個健忘的人，再加上多年來忙於生活的奔波，而她也轉入另一種生活領域，在失去聯絡後，自然逐漸淡忘。但是，「臨頻」卻一直記得那樣的「緣」，這是她後來告訴我的。她說，她一直惦記著文學，雖然很長一段時間，她為現實生活所絆，但她卻從未放棄文學創作的心願。

龔華出身書香門第，雖然大學唸的是食品營養，在文學方面卻受到詩人父親——薛林的濡染甚深。薛林先生是資深的優秀詩人，活躍於「藍星」時代，他只是普通的公務員，卻自費出版《小白屋幼兒詩苑》兒童詩刊，把家用之餘全投入此詩社，除此之外，致力於現代詩、兒童文學的創作，默默耕耘，數十年如一日，這種為文學、為兒童、為現代詩奉獻一輩子的精神，實在令人感佩。

龔華大學畢業後，到外文系當了幾年助教，便棄文從商去了。離開文學多年，近年在人生關卡的抉擇上，又走回這條老路，她對文學的熱愛固然是原因，父親的鼓勵、提攜更是最大的力量。她創作的路子很廣，散文、詩、小說都有作品，她在《中副》發表的第一篇作品，即表現得非常有生命力。文字在某些文章之內，只是實用的「工具」，而龔華的文字卻流動著豐富的情感，使人感受到濃厚的文學氣息。爾後，她所發表的「情思・情絲」系列小品，文筆靈活，意蘊深遠，情感真誠，乍看以為是隨興寫來的，但我個人以為，這樣真、樸的散文，反而比一些斧鑿痕跡分明的刻意之作要好。

這是她的第一本書，她特別希望我給她寫幾句話，文學路艱辛而漫遠，最重要的是一股執著的堅持，我在龔華身上，看到了這股堅持，特以此小文為賀。

一九九七年七月二十八日

重拾——自序

不能把握到的，我們必須放棄。
不論是詩，是自然，或是斑斕的情意。
群山深谷中的幽香，野渡急流上的水響。
七月的三角洲，十月的小港口。
就如同音樂，如同詩。
厚厚的一冊闔起來了，長長的曲調停息了。

翻開泛灰又佈滿摺痕的一頁，當年日記裏抄錄的這一首詩，出自何處？已不復記憶。不論如何，我對詩裏的情意存著緬懷；縱使，欲賦新詩的心境已遙遠而去，但依然清晰的輪廓，卻是那個時候的自己。

可喜的是，歲月老人的珍愛，悄悄擁抱了初熟的形體，甚而憐惜了那顆稚幼且易脆的心靈。他毫不吝惜的在渾沌的白茫茫中，將一部分色韻顯像、抽離、沉澱、過濾，復加釀造，終成層層封甕的陳酒。甕外聽不到聲音，感覺不出思脈。但偶而開封，不覺香醇裊繞，依舊引人自醉。

日記裏，接下來的行文筆跡，現在看來，已經像是蛻變過好幾次之前的那個小女孩了。字句被我稍加潤飾、修改又包裝上一個題目「幻」。恰似一個盈盈紅潤的蘋果，又嫌擺脫不了青澀；於是，我將「蘋」字的草頭去掉，取了一個筆名叫「臨頻」，自認很有詩意，但又怯怯然；終於還是投寄給一個頗具知名度的文學刊物。為了不讓自己存在太多因為希望而引起的失望，一如那篇〈幻〉裏所論訴的悲觀主義，我鴕鳥似的早已將投稿的事，用層層的潛意識覆蓋住，「扔」出去。

那一年我恰好十九歲。

在一切有點褪色，又有點模糊的龐然隧道中，依稀回響著一記青春的歡躍聲。空盪的新建校園裏，突兀的驚呼，正像失卻年代記載的一口風鈴，在輕風微揚的剎那，依舊發得出古樸卻純淨的叮噹。

那是在一個閒閒的午後，由理學院綜合教室上完課，夾著書本回女生宿舍。時間過分充裕的午後，如何延續到惱人的黃昏？然後，還有漫長的夜晚要過。於是，腳下刻意緩慢如蝸牛爬行；綿蜿的涎液，在沒有遮蔭的烈陽下，分外晃亮地迤邐在每一塊磚板，以及每一粒碎石上。難以解讀的校園巡禮方式。彷彿一眼望不盡的校園，提供的是揮霍不完的青春，像陽光那般。

新植的樹苗，有思有緒有新發的嫩芽。然而，當一本《從異鄉人到失落的一代》自懷裏掉出，彎腰撿取時，俯拾的互觀裏，悄然體會的竟是一種自己等不到綠樹成蔭就要離別校園的悵惘。

被修女舍監要求摺疊得有如石板的床舖上，兩封郵件浸沐在午後斜射進來的陽光裏。一件裏面裝的是文學月刊，另一封是編輯的來信。在信裏他幽默的提醒我：題目可以「幻」，但是內容不能夠「幻」。

這篇〈幻〉，是我有生以來第一篇被刊登在文學刊物上的文章。編輯似乎聽得見一位可笑、可悲、又幼稚的盲者，在頌經時的空茫。無親無故，他卻依舊悉心聆聽。他耐心的敲著木魚，在茫茫人海之中，遙遠的超渡了我。

漫長的二十年過去，人生再也經不起一次歲月的銷蝕。我想起這一段「緣」。

怎會忘記那樣的「緣」。然而，「緣」又豈僅止於此。

一九九二年十月，我因罹患癌症住院開刀。雖然已是秋天，但海島性的季候，依然停留在令人窒息的燠熱中。我在病院的冷氣中，躲過了「秋老虎」的肆虐。出院那天，院門口，迎面而來的涼爽秋風，立刻使我呼吸到一股新生命的活力。

在家略作休息，即急著回辦公室看看。畢竟是自己一點一滴籌劃成立的公司，已經營數年，怎忍棄之不顧?然而，接下來要面臨的放射線治療及癒後復健，卻是不容疏忽的。我也只好忍痛放下工作，退居幕後。

生這場病，想來是上帝的刻意安排。

大學時代，我唸的是理科，談不上文學基礎，只能說酷愛文字，喜好欣賞他人的創作。十分幸運，初次投寄《幼獅文藝》月刊的作品，即被登出。真是喜出望外。更叫我吃驚的是，收到一位編輯的來信。誠如前文所提及，那年我十九歲。大二的小女生，正值雀躍的青春，在稚嫩卻充滿綺麗的期待情懷裏，獲得如此的激勵，確實是令人一生難以忘懷的事。這位編輯先生，慷慨的給予初習者這樣的機會，是我從事文學創作略具信心的開始。

爾後，無奈的是，離開學校之後，先為準備出國留學，後又因生活上多種因素，終於使我離開文學創作之路越來越遠。然而，是種安慰，也是種痛苦——生活面的負荷，並未掩埋我寫作的意念。我從未捨棄那層心願。那顆種子一直隱藏心底深處、等待機會。

等待，是漫長的。像是月台上汽笛已響，但情人仍未出現，那般令人心焦，又叫人心碎。

而當「機會」來時，卻又如此的愴惶。前後不到一個月的時間，癌症病房，在白日裏，有我來不及一一感謝的關懷與祝福；在深夜裏，十樓高的窗口邊，陪我度過的卻是自己對「下一個人生」如何規劃的深切思索……

傷口的疼痛，麻醉醒來的嘔吐，葡萄糖一點一滴緩慢流進血液時的韻律，手背上因注射而留下的瘀青，醫師、護士的殷切叮嚀，「阿掃」勤快的清掃動作……，每一件事都使我感到生命的存在。

《聖經》上，哥林多後書第五章16節說：所以我們不要喪膽，外體雖然毀壞，內心卻一天新似一天……。

上帝的光與熱，正照亮了我每一個獨自惶惑的夜。

× × ×

那一顆埋藏心底二十年的「種子」開始萌芽了。我渴望的生命主題不允許再受到干擾了。我重拾禿筆，像一個文字逃兵，期盼歸隊。

當我再度與這位當年啟蒙我的編輯聯絡上時，已是我病後的第三年。十分驚訝！算來竟已歷經二十多個寒暑。我戰戰兢兢的打了電話到《中央日報》副刊組詢問。那時，他已在《中央副刊》擔任主編多年。從未謀面，卻如同熟識般的聊了起來。梅新主編聽到我的敘述之後，問我的第一句話就是：「那麼妳現在該也有四十多歲了吧？」他的談吐，給我的第一個印象是太直率了。與以前信裏的婉約，不盡相似。但是他的態度真誠，卻是與我當年由信裏得來的印象是一致的。

我將一九九四年《世界日報》上發表的散文〈我們永不說再見〉以及當年在《幼獅文藝》發表的那篇〈幻〉寄給梅新主編。三天後，我收到梅新主編的回信：

「……文字基礎不錯。另加上對創作有濃厚的興趣，有這兩個條件，假以時日，必能成為優秀的作家。但文學這東西沒有速成的，堅持有其必要……。」

同時，梅新主編又提及我那篇探討生命與死亡的尊嚴的文章——〈我們永不說再見〉。他說他十分感動，更不忘在信中加以讚美我的「理念」及「勇氣」。整封信裏的心思，充滿了祝福與關懷。他並且說，那篇〈我們永不說再見〉最後結尾的「告別」詩想在《中副》發表，問我是否同意。

人生幾何？世事無常，卻是這樣的病「緣」，使得我緩慢下現實生活的腳步，得以重拾「舊愛」，重續「前緣」。

感念梅新老師適時而來的鼓勵，我再也沒有理由放棄一次。只是未來的路是孤寂又漫長的，我已看到。

文學創作之艱辛，「沒有速成的，堅持有其必要。」這是梅新老師說的。

一九九七年八月十一日于天母居

情思・情絲

目錄

輯一　今夜

遠離

軟如綿絮的溫暖胸膛，
好似車窗外
那片載著光熱倒馳的海洋，
任我泅游其中；
我豈能捨得下，
我靈魂的歸宿。

5・離　遠

數十分鐘的車程，不算很遠；卻足以帶著妳和我遠離城市。

遠離，是無數個夜裏，妳和我融和在點點星光間的秘密宿願。

終於可以成行，縱使短暫，也叫人欣喜得不知所以。妳說，遠離半小時也好。我說，擁有十分鐘也是一種奢侈，只要妳能心喜。

火車駛進站時，由遠而近的韻律，聽起來竟是妳胸前逐漸急促的呼吸。不能等待的歡喜，妳靠著窗，取下墨鏡，像是深怕錯過任何一片日光那般，仰著臉展開笑靨。一抹盛開襲人的香氣，令我忍不住倒向妳的臂彎。

是我生命止息的場所。軟如綿絮的溫暖胸膛，好似車窗外那片載著光熱倒馳的海洋，任我泅游其中；我豈能捨得下，我靈魂的歸宿。

小鎮陌生的道路上，妳我不自覺陷落在一種熟悉的憶舊心情裏。瞬間旋轉在妳和我之間的，滿是濃郁、交融不盡的遠古熱情。我見小徑邊，草木群英、窩鄰叢聚，頓時勾起時空錯置的神秘；曾遭棄置的歲月，於是在妳眼角的細微水流上，閃亮著訴說不盡的惋惜。

塵世間的煩擾，潮起潮落，只有對海浪訴說。

我看著妳在這陌生的鄉間雀躍如孩童，自由、奔放如一首美豔的詩。妳彷佛早已將那城市間、我倆無處藏身的苦難，拋向深邃的海洋。

妳懂得沉默，也懂得開懷的個性，叫我無比心醉。妳無邪的嘻鬧，如熱浪般，暖洋洋的襲來，我的心卻在這時轉為悲涼。

7·離　遠

我怎忍心告訴妳，我們終究要重新踏上月台，趕著入夜前的最後一班火車，回到城裏。

老舊未經拆遷的火車站，如一具千年碑坊，完好的豎立著一齣戀情的悲壯。而月臺上從此所記載的，是一個沒有日期的初冬午後、妳我所留下的蒼白腳印。

北上列車，載著我和妳離開小鎮時，我濕漉漉的瞳孔裏，裱裝著妳放大開來的沉默。急速捲起的風沙裏，正飛揚起的，是一則未被命名的美麗神話。

今夜

縱然無以拒絕的苦痛
正纏綿著夜，
今夜，
我仍將布置無數個夢，
讓長長的夜不要過去。

夢多，在遊移的場景中頻頻醒來。

最後一個夢，夜仍在。收攬夜空的微亮，和窗櫺上的寂然，瞇朦的眼底，在滿室的漆黑中，尋獲白晝剩餘下來的片羽吉光，陪自己一段。

是夢？不是夢？絲絲沈吟妳我的愛遇，使夜墜入更深的夜裏。夜無底，似乎總有著更多的悲憫，涵容人生無法遺留的痕跡。

於是，我將妳仔細地收藏起，在每一個夜裏。在聽不見聲音的寂靜裏，耳邊依然廝磨著妳白日留下的話語，好叫我心暖，又好叫人悲淒。

因而，我也要悄悄的告訴妳，縱然無以拒絕的苦痛正纏綿著夜，今夜，我仍將布置無數個夢，讓長長的夜不要過去。

雨天

留在一室的靜寂裏，
終於，再也不是無力的自毀。
翻騰、掙扎，
竟是為更豐富的擁有。

15・天　雨

去還傘，有那麼重要嗎？只是一個藉口！能見到妳的機會，怎可錯過？

不可錯過的，還有雨過天青時，開了木窗昂首的舒爽。妳像是那片沾著水珠的微涼天空，緩緩聚攏，毫不吝惜的，包圍著我形同枯木的身心。幾乎令人無法置信，頃刻間，我對世界的陌生，又變做熟悉。

我慢慢憶起曾經被故意丟棄的故事。也是雨天。不知為什麼，很想和妳談談自己的過去；彷彿妳就是那場雨，就是舊時歲月的影子。

雨天，冰冷的水氣在皮膚上凝結時，我站在騎樓下，看妳急駛而來。妳握住我的手，溫度逐漸傳送過來。我說，妳不用趕嘛，開車還是小心點。妳卻說，站在飄雨的風裏等，怕風和雨吹冷了我的手。

絲情・思情・16

那場雨後，妳如一只太陽，讓我倚盼著每一個早晨；我更盼望，那片陽光灑遍我的每一個午後及黃昏。然後，我又告訴自己：我豈可貪心，再盼夜晚？我於是決心將良夜留下，歸還於你。

曾經告訴自己，快樂是留不住的，又何必在意？但自從與妳相遇，那被訓練過千百次、緊繃了一世紀的心，終究難以逃離。驚訝之中，我本以為自己死去的心，卻在一夕之間轉為瘋狂。那暗地裏捲起的一陣雷雨，毫不猶豫地催促著天地，創造不容消逝的季訊。

留在一室的靜寂裏，終於，再也不是無力的自毀。翻騰、掙扎，竟是為更豐富的擁有。

輕輕的流淚，在雨天，自此反而是一種浪漫，不再有傷心。

楓葉

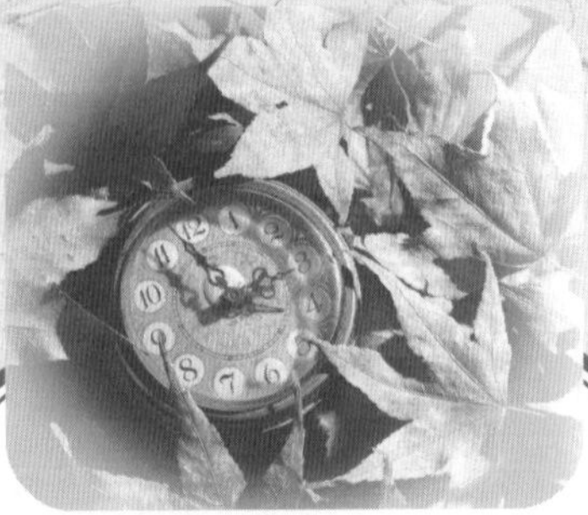

葉脈逐漸清晰，
浮現出一絲絲
乾癟了無數個四季寒暑的軌跡。
我甚而貪心的尋求
葉綠素的蹤跡……

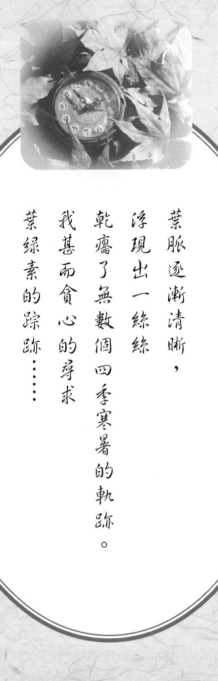

19・楓葉

那日，妳寄來一片楓葉。

楓葉斜躺在我交錯不清的掌紋間，乾涸、陳舊得猶如一則忽被憶起的傳說。

妳信上說：在地上撿的，放了許久，現在寄給你存留。

我試著用手心冒出的汗水，一點點滋潤葉身。葉脈逐漸清晰，浮現出一絲絲乾癟了無數個四季寒暑的軌跡。我甚而貪心的尋求葉綠素的蹤跡，終究無處可覓，只聽得見葉綠素在層層北風裏，漂忽消逝的聲音。

想起妳信上又說：縱使落葉再也回不了樹梢，也要尋一片土壤，把它安葬；怎忍心任它的最後一程，在荒野裏漂泊。

妳說得我心裏好生悲涼。於是我將它安置在床頭的相框裏，歇息在那片透明的「土壤」下，好讓我時時可以看見，那抹被秋天染透的、永遠貞潔的紅。

白梅

當春天再臨，
溫暖變做妳過度上升的體溫
而使妳終究不勝負荷時，
我害怕
妳是否就要從枝頭上輕輕落下？

23・梅　白

滿樹的白梅又開。

依樣的景物，於隆冬再起時，卻增添出一捧濃得化不開的情愫。似乎，才一個心念流轉之間，一整年又過；今年的白梅，開得真像是一樹訴說純潔的神話呢！

那日，我無意間發現妳皮包裏的小藍盒；藍色小盒在耳邊搖晃著咯咚咯咚的聲音。

我問那是什麼，妳說只是幾顆小藥。我又繼續追問；妳不答，卻只說，不要緊的，就算明日就要遠行，也是值得；因為，日子再長、再短，都有我倆相繫的影子，都是我倆共有的一生。

我皺起眉頭，心裏破敗得像一間曠野中的漏屋，在陰晦中承接著急驟降落的雪花，那般潮濕、寒冷。

回家以後，我摀在被窩裏哭了好久。在層層黑暗中，滴滴淚珠都見到妳閃亮的笑容。

我是歸人，妳是過客——我驀然想起某日妳說的那句話。妳並且要我深深記住，不論身軀在地底下埋得多深，不論魂魄在天空飄得多遠，摯愛的熱腸永不中斷，妳與我的生命將永不告別……。

於是，我將妳化作尊榮，高高舉起，在每一朵白梅裏。有一天，當春天再臨，溫暖變做妳過度上升的體溫而使妳終究不勝負荷時，我害怕妳是否就要從枝頭上輕輕落下。

那時候，我會自地上拾起每一片妳，牢牢按在胸前，讓我的每一記心跳，永遠陪伴妳。

現在，我最想做的就是，開始緊緊的擁抱妳，好讓妳的身體滲透進我的每一寸肌膚，好叫妳的呼吸溶化在我仍有溫度的鼻息裏。

從此，我的每一個細胞都將等候，成為妳專屬的記憶體；只留下我那淒傷的兩眼，來盼一年又一年滿樹盛開的白梅。

自虐

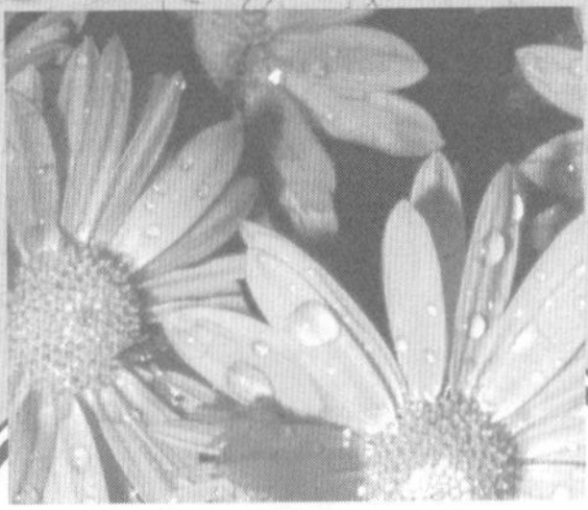

不知所措，
我只好將妳所說過的字字珠璣
串連成一條綿延的語音，
試著填補電話線裏的空虛。

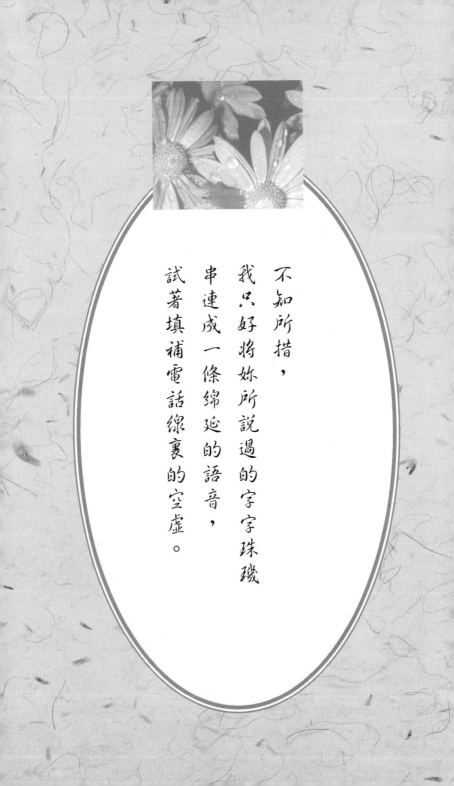

連日來，電話那頭的嘟嘟聲，告示了我：妳從此拒絕與我說話。

墜入生命的黑洞場景，無處「攀沿」，成了我愛戀的終極苦難。我將何以自處？

不知所措，我只好將妳所說過的字字珠璣，串連成一條綿延的語音，試著填補電話線裏的空虛。

電話那頭的鈴聲持續不斷。終究難以填滿的空虛，正像是走入歷史長巷時的一聲噓嘆。

長巷裏，依稀仍聽得見舊時的風起雲湧，以及近時的吳儂細訴；怎奈何會在這星辰乍現時，瞬間驅趕了日落前、斑斕的紅霞？

於是，當再次想念妳那飛揚起紅霞的雙頰時，縱使，心已碎成片片，但是，我依舊無怨無悔。我甚至想：如果，找得到長巷的出口，我會在那兒豎立起一尊碑坊，讓它永遠背負起「那部」歷史的貞潔……。

這樣，即使電話鈴聲成了一種背叛，我將仍然有所依靠，不至於到處放逐自己、使愛戀終於無處「攀沿」。

追逐

雲朵與藍灰色，自那時起，
成為我無盡的思念。
極度的無奈，我曾試圖忘記。
但仍然，我還是無法
與天空徹底釐清界限。

33・追逐

宛若一幅愛情的舊史，懸掛在宇宙那般。巨大的天空，因而沉澱出永遠的藍灰色。

再細細的看，雲朵兀自聚攏又飄散；那神態，竟像是當年與妳分手時，自妳眼波裏流漾出的無助，層層翻滾在校園藍灰色的天空裏。

雲朵與藍灰色，自那時起，成為我無盡的思念。

極度的難奈，我曾試圖忘記，但仍然，我還是無法與天空徹底釐清界限。

當我不意間再見到妳時，縱使妳那流漾的眼神，依舊映著年少時、天空的藍灰；但是，無數個雲影流轉，卻早已將妳妝點成一位成熟的少婦，帶著紫羅蘭色的嫵媚和韻浪。

我望著滿面豐潤的妳，一陣暈眩的遲滯，引我回到那個年少時代的校園。

校園除了一片藍灰，已無影像。反倒像是打著補丁的陳舊包袱，裝載著自己年少時的慘綠；還有，歡顏背後、一顆多情遺落的種子。

隔世般的冗長，不期然在心底爆裂出驚嘆，彷若種子埋藏已久後，儲蓄著過度的能量，當再度萌發出土時，終於燃燒出熊熊的烈火。

於是，加速的心跳，止不住的愕惜，在慾念中狂亂的奔流。我禁不住將自己和妳搓揉成碎片，灑向沙沙作響的黑暗樹林裏。

妳喘著氣告訴我，妳有個異域婚姻，即將赴遙遠的他鄉定居；就讓這片故鄉的野地，從此永遠種植著我倆的呻吟和呼吸。

35・追逐

在黑透的夜裏，我咬著唇，幾乎不能思想，只噙著淚看見兩片雲，在妳晶亮的眼中翻滾。

鳥啾聲，在晨曦中，像一隻伸向夢外的手，將我自朦朧中搖醒。妳說，妳生命中永遠有我，然而，妳還是必須走了。

原本黯淡的天空，逐漸發亮，直到終於畫出一道完整的弧形。

弧形的邊緣，連接著妳我故鄉的土地，看似近在尺咫；然而，此刻我踽踽跟隨妳的腳步，竟成了對天空永遠的追逐。

整理

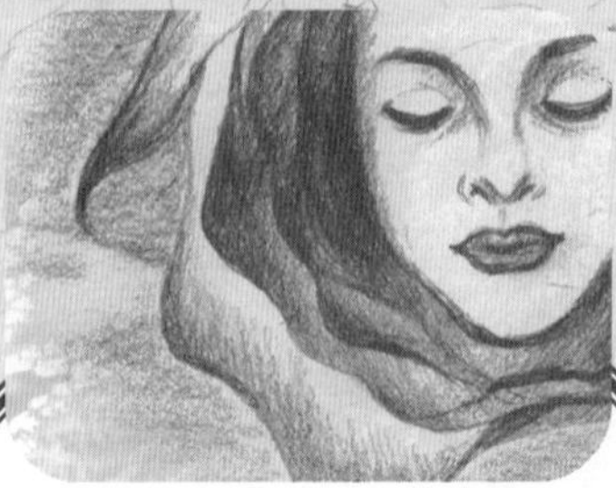

我只想實在地做一只蕊心，
嫩黃、不沾一滴瑕疵的
躲在層層的紫色繽紛中，
等待蜂蝶，
重新給我一片天空。

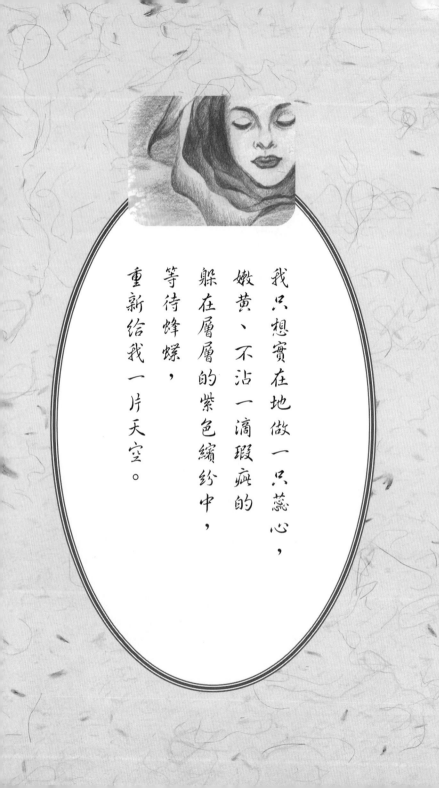

39・理　整

無法整理出的，是那樣錯綜交織的愛情。

尤其在夏天，像是長了一季、從未修剪過的紫藤，糾結著荊棘在牆頭。

剪不斷，理還亂。

我不是故事的開始，但也拒絕做故事的結束。我只想實在地做一只蕊心，嫩黃、不沾一滴瑕疵的躲在層層的紫色繽紛中，等待蜂蝶，重新給我一片天空。

我並未等到。我仍做著夢。

當我醒來發覺自己躺在堆滿雜草、枯木、污泥及腐葉的混亂中時，我才知道，自己等待到的竟是一個肆意修剪、未曾留神的花匠。

含著惑，含著怒。

妳聽我說，妳不是蜜蜂也好，妳不做蝴蝶也罷，至少，妳該是個園丁。或許，我終該明白，妳的故意背叛。此刻的妳，更像是個粗心的花匠。

終於整理出。

縱使被整理的過程是，由枝幹上被剪下，然後被鄙棄在少有陽光的荒塚邊，我仍不是故事的結尾。因為，我依然帶著一顆強壯的靈魂，我能再度攀越，再度超昇。

而這樣的靈魂，妳與他有嗎？

小燈

當我仍不自覺
再次輕慢撩撥時，
妳那一根根已然悄悄鎖緊的心弦，
發出來的弦音竟是，
哀怨中含混的低沉怒吼。

堤岸上，盛開的蘆葦，在月光下，銀花花的抖散芒穗。芒穗迎著岸邊一道昏黃光束，引領我走向妳房間的樓臺下。

夜半至深，寒露將起，床頭的小燈未熄。我不禁暗自慶幸，妳畢竟留著些微光亮，細心關照紗簾。妳似乎懂得，紗簾縱使輕盈，卻仍舊背負起我沉甸甸的心情，在此刻，倚著窗櫺一勁瀉地。

還記得嗎？我曾說，有一天，我會出現在妳的房間外；當然那必然是個夜晚。我要在黑暗中，看那一盞亮在妳床頭的小燈。妳卻頑皮的說：燈有什麼好看的，我把它送給你就是了。

然而，在這以前，我始終也沒有出現過，在妳的窗臺下。而妳，也終究沒有把小燈送給我。

如今，我懊惱著，自己當時的不置可否。事實上，每當妳慎重其事的試探我倆的「未來」時，我總是淡淡的笑著，避重就輕的「繞過」。更多的時候，我只是盡情地享受著妳那甜美的柔情，卻在彳亍間，吝於撤骨撤心的回應。我的愚昧，使我來不及察覺到，慧黠如妳，已將一切納入眼底、涵容心湖。因而，當我仍不自覺再次輕慢撩撥時，妳那一根根已然悄悄鎖緊的心弦，發出來的弦音竟是，哀怨中含混的低沉怒吼。

我著實是後悔了。

阻隔的樓臺，再也見不到茱麗葉在開啟窗扉時，一剎那間的脈脈含情。再望一眼，窗內那未被及時索求的床頭小燈，在此時，卻明亮地譏諷了現代羅蜜歐、遲遲醒來的悲切。

思緒因而激動地散落於高寒的天際，怎樣也無法凝聚。

在遲疑不安的星光裏，我竟連薄如蟬翼的窗簾也無力穿透，又如何有勇氣拾回愛的能力？

於是，我站立的姿勢，在妳窗外的樓臺下，無異是一種難以傳遞到妳房間內的自虐了。

但是，現在的我，自虐又何妨？一廂深沉的懺情，在孤寒的夜裏，正向生命裏外，贖取更多的悲壯，來償還自身不曾奉獻過的、愛的質量。

問浪

我依然感覺到，
層層的思念，
正置換著體內被掏空的重量，
沉甸甸地墜落在那已乾竭殆盡、
原本容納海洋的地殼上。

49・浪　問

一波疊著一波的浪濤，在驅趕，在追逐。

蹶然一驚。我看見一身潔白的妳，站在浪上，走近了，又走遠了。

我愴愴然，頂著鹹風、和著海浪；一顆心，頓時蛻變成容納海洋的凹凸地殼。

當海水漫過心、浸過肺，鑽進全身每一條血管時，濃稠的鹽分，終於掏空了五臟六腑。於是，我的靈魂漂失在一個無法臆測的角落；而我的身體在這時，更空盪得只剩下軀殼。

我想，果真是這樣也好。空盪如幽靈，終究可以輕忽、飄浮，不掛一絲愁。

然而，似乎又不是這樣。我依然感覺到，層層的思念，正置換著體內被掏空的重量，沉甸甸地墜落在那已乾竭殆盡、原本容納海洋的地殼上。

妳說，日子有太多種。在筆桿下搖晃著生活的影子，在文字間散發出生命的光與熱；寫作，是妳這一生中的最愛。然而，囹圄在無法破繭而出的圓圈裏，焦慮，使得「毅力」只淪為一種艱難的口號。妳問我，要如何才可延伸那分「毅力」？

我眼看著焦慮的妳，一如茫然的漁火，在大海中急於撲向燈塔；妳的執迷，此刻竟變成一種癡狂。

而我笨拙的推演，卻無法回答妳的問題；機械般的頭腦，終難適當的解釋出絲毫生命如波瀾的文學哲理。

妳將頭臉埋進胸前。坐在飛濺的浪花裏，整個人彎曲得像一個淒慘的大問號。極度的沮喪，我看見，在沙灘上，妳再也不可能拾回的、往日心中的甜蜜。

51・浪　問

妳終於乘著白浪離去。

這時候，我祈求，我那被海水驅趕的內臟，總該贖回些許「代價」吧！

毫不奢求，我只要浪潮。

就讓那取代內臟重量的層層思念，在相互憐惜時所發出的聲納，組合成浪潮……。

至少，當一波波的浪潮再度湧現時，我會再次聽到，妳在大海的誓言中，嘶喊著我的名字。

輯二 蝶戀

降落

那悵惘，
彷若在正午的陽光下，
從來沒有一片樹葉能為自己
留下更寬更長的影子那般淒涼。

妳似乎將醒，緊握我的手略為鬆弛了一下。是夢贈予的心情？那麼，在醒來時，愛是否會更濃一些？

妳果真睜開了眼，眼角上的一片濕痕和閱讀燈投射下來的光一起閃亮。

燈光的暈黃，撫平了妳眉宇間的皺摺，卻難以抹滅夢留下的跡象。

柔嫩的身軀，柔軟的心。我的女人！在妳身體上有永遠不會消失的磁力；縱使來到這離開地心引力比兩萬英尺更遙遠的高空上。

妳將長髮拂到肩後，白皙的頸項隱約現出兩輪頸紋。我闔上日記本。妳問我在寫些什麼？

我告訴妳，日記從妳教我國文那天開始，從未間歇。

而妳的名字，更像旭日朝陽，日日照得我心思發亮。然而，那份排斥聯考的意識衝激，卻毫不妥協的加深我心境的苦難。那時我總是呆望著講臺上的妳；紅嫩的臉頰，恰如一只初陽，每日自我心丘暖暖升起。我竟驚訝的發現自己無助地墜落到一種莫名的悵惘裏。那悵惘，彷若在正午的陽光下，從來沒有一片樹葉能為自己留下更寬更長的影子那般淒涼。

鳳凰木的火紅，燃燒起六月裏的離愁。臨別時，妳對我們說，不要把得失看得太重，自問盡了力就好。人生有時有方向可尋，但也有更多的無奈。除了唸書，生命中還存在了其它的意義。

有一天，我終於懂了——在聽說妳出國留學、結婚又離異回來的那段時日裏；因為我也歷經了某些人生中尋不

到邏輯的無奈。

真的，如妳在那樣的歲月裏所教導的，除了唸書以外，那些個生命中另有的「存在」，總是時而現身又時而埋伏的令我措手不及；而其中唯一始終磨難著自己卻又終究無怨無悔的「存在」，竟是源自年少時代、那正午陽光下的徬徨。

座艙前方螢幕上的一堆數字裏，顯示我們越來越接近地面了。

我和妳就要降落了，帶著塵世間的彩繪與非議，降落在一個曾經熟悉又陌生的城市裏。

降落，瞄準在我心情起飛的時刻。

花中香

妳，像野薑花；
清香，混合在黎明裏，
催我甦醒。
她，是我在黃昏裏，
永遠踩不到的影子；
卑微，但毫不遲疑。

依稀是一個沒有場景的時空。時間飄渺，空間漫無邊際。

同樣的純淨，兩種氣味。略過嗅覺，淡薄的花香，演變出毀滅的記憶。

盤根錯結中，存在一種秩序。

朦朧，浮現，輪廓，影像，人物，事件，清晰，然後交替。

妳和她，輪流在黎明和黃昏出現。

妳，像野薑花；清香，混合在黎明裏，催我甦醒。沒有妳，我睜不開眼睛，走進陽光的世界。

她，是我在黃昏裏，永遠踩不到的影子；卑微，但毫不遲疑。像夜來香，惑我走進黑夜的濃郁。

兩種純淨的氣味，在交疊時，變得混濁而令人窒息。

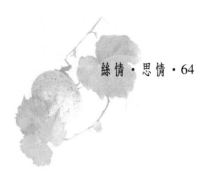

我彷彿陷入流沙，驚嚇於即將沒頂。

由沒有場景的花香中醒來，為的是，給自己一個存活的理由。

輕重

我畢竟得著一項啟示：
蒼白，足以承受的
是「擁吻」之輕，
而不是「愛情」之重。

相約在美術館門前，我總是先妳而到。

經過一個冬天以及一個夏天，我的目光早已訓練有素，像是一只配裝了多種焦距的望遠鏡，沉重卻伸縮自如。

當妳的身影悠悠出現，我不曾眨巴一下的眼瞼，終於得以卸下重量，隨著妳姍姍來遲的步履，輕盈地掀動。

一如往常，先是見到妳燦爛的笑，再是我捏痛妳的手，然後在欣賞畫作時，妳總是配合我的腳步，慢慢的移動。

這回，卻誠然不同。妳拉住我，在一幅巨型的畫框前。

一幅標示了畫名以及價錢的畫。畫中一對男女在粉黃的芒海中擁吻。

妳受了感動似的貼近我，輕柔的髮絲密實地摩擦我的臉。妳指著畫名「擁吻」，有些悲傷的說，為什麼是「擁吻」而不是「愛情」？

沉重畫框的背後，完好無缺的牆面上，漸漸現出一片模糊的蒼白。

我畢竟得著一項啟示：蒼白，足以承受的是「擁吻」之輕，而不是「愛情」之重。

然而，這樣的答案，我卻很難明白的告訴妳。

我只淡淡的對妳說，「擁吻」難以和「愛情」畫上等號，否則怎可標價出售呢！

留聽

雨縷萬千，

彷若天蠶吐絲，

縈绕出一顆顆晶亮的繭，

来灑人間。

71・聽　留

聽雨，在荷花池畔。

雨縷萬千，彷若天蠶吐絲，縈繞出一顆顆晶亮的繭，來灑人間。終於，止歇在片片荷葉上。

說不出的渾圓、剔透，看似完滿無瑕。究竟，雨珠上流轉的，是那樣的糾纏？

正思忖……

妳卻也來到池邊，一個人拿著相機，緩緩蹲下身來。

我走過去，替妳撐傘，遮妳，也遮妳面前的荷葉，妳說：謝謝，但是我的美意恰好破壞妳的「等待」。我疑惑的收起傘，朝鏡頭對準的方向注視。葉心，含著一顆明亮，正與雨珠同步擴大……

載重，直至載不動。一陣輕微的顫抖，雨珠開始自葉心滑出。這時，我聽到妳靜止良久的快門喀嚓一聲，池面

同時掀起一圈圈水紋，盈盈細緻如倒影中妳頰邊漾開的酒渦。

佝身，拒絕「美意」；等待，按下快門。我似乎開始對妳明白，正如我明白了雨珠裏層層纏繞的透明心思一般。

雨，執意只做短暫的留歇，但是拒做人間渾圓的句號。

從此，在荷花池畔，我聽雨，也挽留妳。

實驗

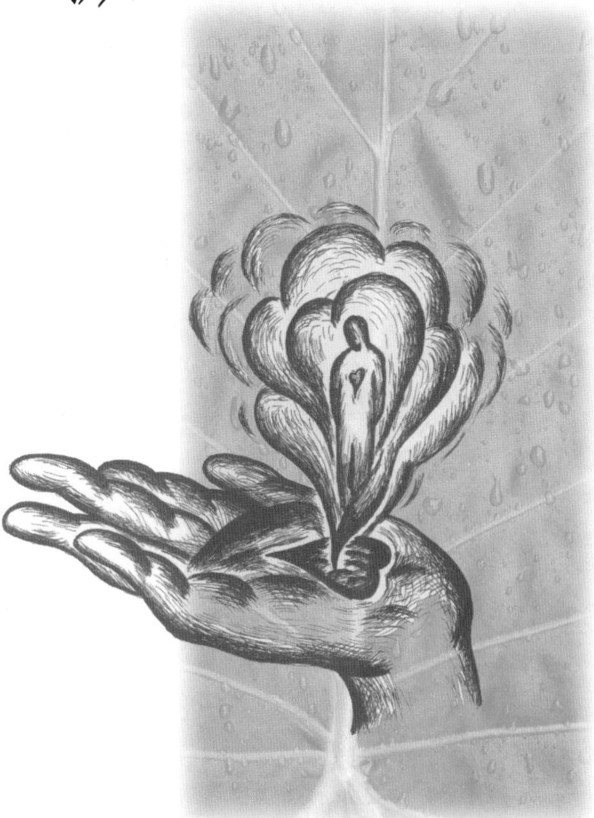

掙脫，
或許是縮短距離的美麗實現；
也或許，會變成一種解脫，
帶了點實驗的卑鄙，
讓感覺回歸原點。

75・實驗

我由妳的懷抱掙脫，卻不想離開妳欲望我的感覺。

被那強烈的吸引力震住，我越愛妳，就越情欲妳，就越欲望妳。

我自覺深愛，但是羞恥。

因為我總是用動作來喚起妳的欲望，來喚起妳的情欲，然後，想望是否可以喚起妳的愛情。

我設想：欲望、情欲、愛情，終究可以在一直線上逐步演變成熟。

欲望→情欲→愛情。

在這「反昇華」的實驗裏，我選擇了妳，因為妳從來不說妳愛我，卻在一次次的纏綿中，用眼神享受我的愛。

我害怕妳只是短暫的欲望，短暫的情欲，卻連短暫的愛情也不曾付出。

因而，當一切只賸下迷惘時，我選擇掙脫。用深沉的愛的力量制止我身體的動作。妳果然也靜止了，睜著水汪汪的大眼，比我更迷惘地，讀我臉上的痛苦。

妳終於墜落——在我美麗的陷阱裏；或者相反的，妳正好擒獲妳面前的距離，永遠離開我。

掙脫，或許是縮短距離的美麗實現；也或許，會變成一種解脫，帶了點實驗的卑鄙，讓感覺回歸原點。

聽海

浪花上、浪花下，
無數顆小水珠，
爭相撈起落日的殘霞，
自浪頭飛彈上，
妳向晚的臉頰。

海浪，衝激起浪花。

浪花，拍打著黃昏。

黃昏，溼淋淋的，在海面上，竄起又落下。

浪花上、浪花下，無數顆小水珠，爭相撈起落日的殘霞，自浪頭飛彈上，你向晚的臉頰。

這時候，海風也相隨，撿拾起沙灘上、滾了一地的玻璃彈珠，將它們一顆顆，仔細地，重新鑲回你往日的臉龐。宛若那少時沾滿泥灰的彈珠，瞬間排列出條條擁擠、但新穎的紋路。

於是，我聽到，輕喂的嘆息，唏噓的細語，一併被拋向海底。冗長的聲納，喚著，是退潮的時候了。

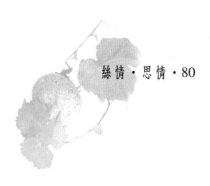

終於，最後一道浪潮黑了。

看不清是何時，浪潮從我身上走過。我染著一身漆黑、冰涼，匆匆鑽進你鼓滿海風的大衣裏。

當我仰頭，迎接你那紋路上、沾滿星光的水珠時，一種表面張力，恆久不變的，正催促著一次又一次的滾動。

水珠，依然在滾落，自你的臉頰，延續到我的。我忍不住細細撫摸你臉上深陷的水紋。我疑惑，喃喃自語：那溼溼的感覺，究竟是過去，還是現在？

水珠悄悄告訴我：海，有你的過去。

我也終於鼓起勇氣問：海，莫非，也有我的現在？

加法

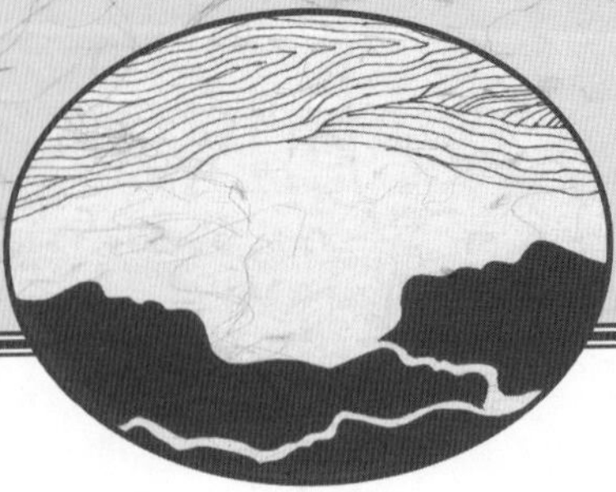

十分訝異，月光逐漸暖和。
是妳體溫的傳送？
使得月光不再孤寂，
夜也不再清冷。

原本我害怕孤獨，因為我害怕就要被寂寞掩埋。

我也害怕沉默，因為沉默使我聽不到自己的聲音，使我更加孤獨。

有一天晚上，我和妳來到公園裏。妳飛躍，妳旋轉。我擒住妳在懷裏，告訴妳，妳好比黑夜中的螢火蟲，一會兒東，一會兒西。妳發著癢，笑聲輕盈、閃爍，像星火，在我心裡點過來，點過去。

黑夜裡，不再有孤寂，不再有沉默。

因而，我要妳好好跟著我，這輩子……。

妳掙脫，來到花壇邊。在石板上，舒展身子平躺下。月光如白紗，輕輕柔柔，灑向公園每一個角落；卻又突然間，緊緊密密，收縮起，包裏了妳的身體。

沉默，全然享受的神情，在妳臉上閃亮。任我怎麼說

話，妳都不答理。

我只好來回輕拂妳周身的月光，像在輕拂掉自己的孤寂。

十分訝異，月光逐漸暖和。

是妳體溫的傳送？使得月光不再孤寂，夜也不再清冷。我說。

妳仍然不答理，只靜靜地躺在花壇上，像一隻雪白的羔羊，活生生、軟綿綿，卻充滿歡愉，等待著被獻祭。

我明白，這輩子，我會好好疼惜妳。因為，我加上妳，沉默竟然是一種享受，孤獨也因此變得暖和。

細膩

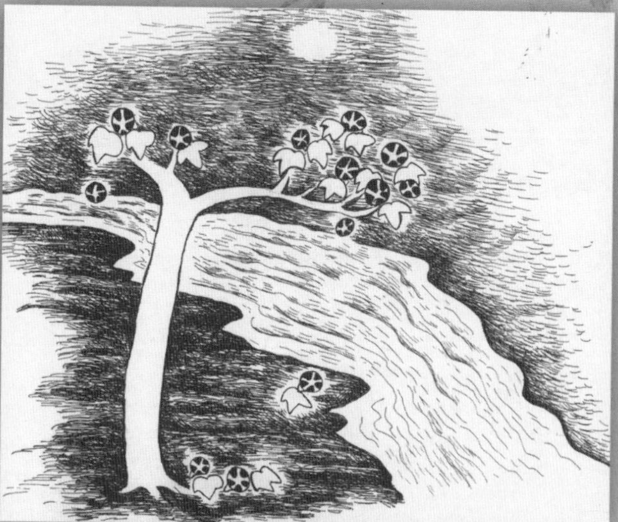

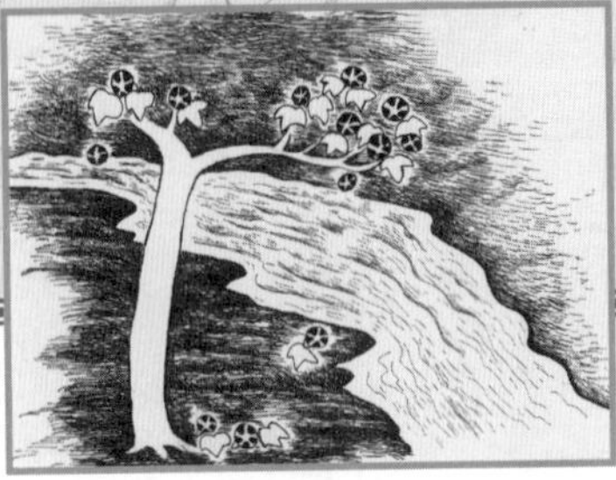

桑樹上，
濃綠中，點染著淡紫色。
我總會把它們想成
一朵朵、散佈在妳臉上、
憨稚的笑。

清晨，不讓自己全醒，帶著一半的渾夢，來到溪畔。

在溪堤上，晨跑出一陣輕風。拂塵草，聞風微顫；一株株漸次排列，由近而遠，在輕彈躍過的步伐邊，等待青睞。

桑樹上，濃綠中，點染著淡紫色。我總會把它們想成一朵朵、散佈在妳臉上、憨稚的笑。

秋陽下，我和妳曾經來到溪堤上散步。妳甩著手、踢著腳，行行停停的抱怨道，我對妳缺乏一種細膩。妳又嬌嗔的說，這樣和別人有什麼兩樣嘛！

未說完，妳忽然垂下手，止住腳，身子停當得如一椿削去枝節的樹木；只剩兩顆放大的眼睛，在淡紫色中恍然轉動。妳大叫，你看！那棵桑樹怎麼開了滿樹的牽牛花呢？

牽牛花為什麼不能開放在桑樹上！我看到幽幽纏繞、躲藏在枝葉間的藤蔓時，我回答。

將渾夢、輕風、步伐、拂塵草、牽牛花、桑樹，都一齊變作妳憨稚的笑容時，在清晨的堤坡上，我讀出那一點、屬於自己的細膩來。

蝶戀

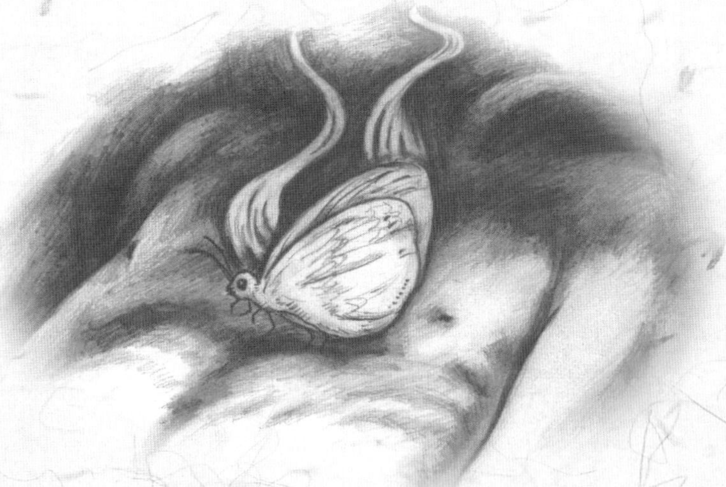

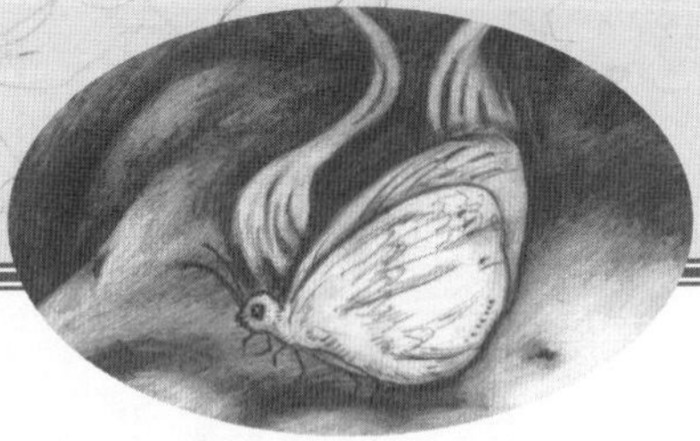

那隻向我低垂的乳房，
隔著雪白的工作服，
正覆蓋著春天甦醒的意識。
我感覺自己像蟄伏了一整季
冬天的小蟲，
慵懶、躊躇。

潔白，不全然是單一的無色，也收攏著各種花卉暖彩的相濡。不盡蒼涼。

病房裏，世界正快速濃縮。我因而慶幸，在狹小的空間裏，觸感相對變得敏銳。雖然無力動彈，但以心念超脫；如催溫羽化的初蝶，在叢叢花束中停棧、復依戀。

當生命拋出銳減的直徑時，依然畫得出完美的圓。

我遂與穹蒼對換視覺，顛倒過來俯瞰塵寰。

我看見——

一群人穿著華服，炫耀赤裸身子的羞慚。

另一群人邊看櫥窗邊吃冰淇淋，以凍結藍天下的自由。

我沉吟——

是否該為路上行走的人哀悼，為捧著鮮花來看我的人祈福？

我嚮往——

蝴蝶變回毛毛蟲的夢。

這時，妳來到床邊，歷練的翻轉我枯瘦的身軀。輕捏我失去彈性的肌膚。

妳眼裏的關懷，僅屬權威。不含冷暖。妳例行的探詢，一如山谷裡的回音，毫無情緒，只存盪悠。妳全盤熟稔的純白體姿，只用腳尖指步，輕盈進出。

如蝶。另一隻羽化豐潤的彩蝶。

當潔白、暖彩，急速往後退怯，順著一股強大的吸力掉進黑洞時，一種沁涼的液體注入身體，和著血液，綿遠流長，進入記憶之初。

隱隱聽見遙遠的聲納……。

「××，快醒來！不可以再睡了……不行不行，又睡過去了……」

彷彿感覺到臉頰被拍打的節奏，伴和著妳再次喝令我醒來的呼喚。

而，那雙向我低垂的乳房，隔著雪白的工作服，正覆蓋著春天甦醒的意識。我感覺自己像蟄伏了一整季冬天的小蟲，慵懶、躊躇。

畢竟，我還是試著翻開泥土，回到記憶之初，重新滋長。

於是，鑽進母親飽漲的胸衣裏，繾綣、懵懂，享受無盡的溫柔。汩汩沁滲的乳汁，在兩片唇貪婪的索求下，流入身體，和著血液，綿遠流長。

我很想告訴妳，我已記不起母親的容顏，只依稀想起，在她不再起伏的胸膛前，我曾經呆滯地數著玫瑰。然後，看著它們如蝶飛走，一朵又一朵……。

堆滿花束的病房，不旋踵，轉換成一幕熱鬧的靈堂佈景。

我終於決定不再醒來。因為，我恐懼妳也將飛走，如蝶。而妳那飽滿的乳房，亦即將枯萎，如我母親的那般，在我醒來的一瞬間。

背影

宛若淪落於眾雜草間、
一株孤立的美人蕉，
無處遮掩，
徒向壁畫裏
空洞的藍天伸手。

在堤坡上彳亍，我久久不忍離去。

乍見溪橋邊小木舫，我走了進去，暫且割捨與溪水的相惜。

甩著波浪、半垂的紗簾，密密織起的經緯線，在覆蓋不住的窗櫺上，若隱若現，透露著無以計數、我倆相依偎的黃昏。

我只得選擇一個無關往昔的角落，迴避窗景。

宛若淪落於眾雜草間、一株孤立的美人蕉，無處遮掩，徒向壁畫裏空洞的藍天伸手。

埋首於黑色的熱咖啡裏。

冉冉旋昇的氤氳裏，有落落飄盪的垂柳，以及無數次、在青綠間穿梭來去的交疊心音。

是最後一幕嗎？那被落日輕拂漸漸遠去的背影。

在你之前，我從不哭泣，也不曾用嬌嗔的言語，企圖穿越你的心。因為我深知你也無能為力。

惶然無措，於是孤注一擲，試著用眼淚洗滌你即將離去的步伐。

如果說，一滴眼淚只能覆蓋一步腳印，那麼，是否我應該收集一生的眼淚，模仿那奔向一方、永無止息的溪水，以攫獲你靜止住的背影？

於是我走向櫃臺。獨自，第一次。一把重重的鑰匙遞了過來。

無關她臉上的表情，也無關手中握住的房間號碼。我僅在意是否有你的背影。

我怯生生的打開房門。陌生，詭媚，但正合乎我所要的自我狙擊。

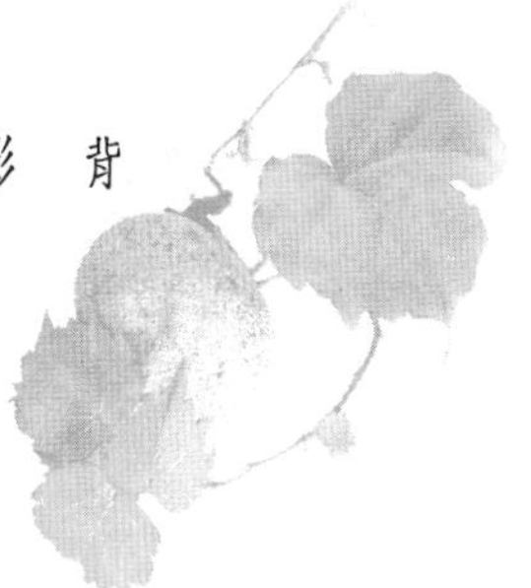

我拿起電話，將斷斷續續的哭泣聲傳送給你。我了解，那座華美的現代大樓的高層樓，偌大的辦公室裏，此刻你正坐在高背主管椅上，只能聽著，卻不便認真答理。

我仍舊欣慰驚喜，你沒有掛斷電話。

我彷彿清楚看見，你夾著話筒在旋轉椅上轉過身來，面向窗外。

畫面忽然中斷於你的一聲嘆息裏。你顯然注意到那棵夾在街道樹中兀自生長的大王椰的存在了；雖然隱密，但如果用心，仍可發現。就在你窗口不遠處。

我停止了哭泣；也不再自責於那抹化身於赤裸樹心上的詭黠。反而，用一種無以告人的竊喜姿勢，蹲踞在大王椰樹尖上。

彷若遭城裏塵囂的污染與高分貝噪音的阻絕，我畢竟

絲情・思情・100

看見，你的視線因而與不確定的迷惘結合，停留在大王椰赤裸的樹尖上。望不到更遠的地方。

電話裏，你終於說話了。找時間我們談談。

至少，我仍有機會，再看一次你的背影。

輯三

願情

月亮

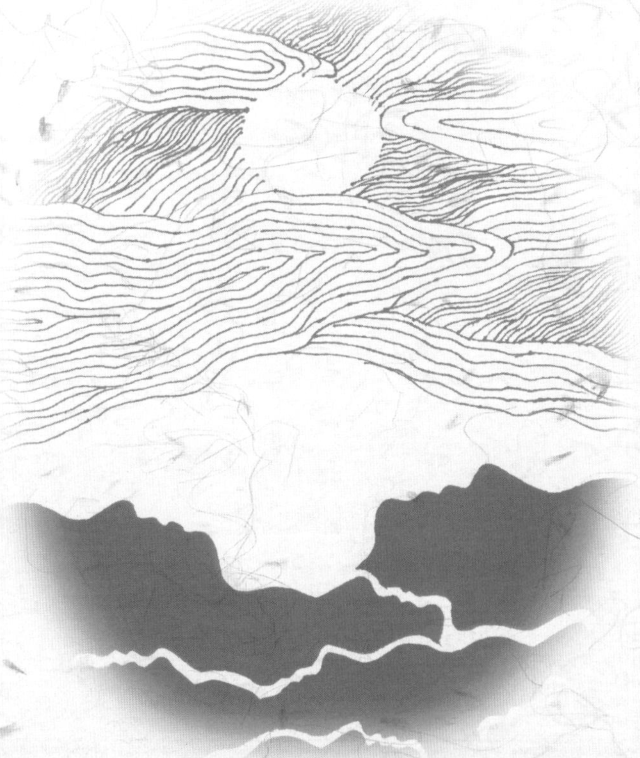

妳用微弱的光暈為我鋪床，
並且讓知覺在枕頭上發酵，
因而烘焙出
一點我所渴望的溫度來。

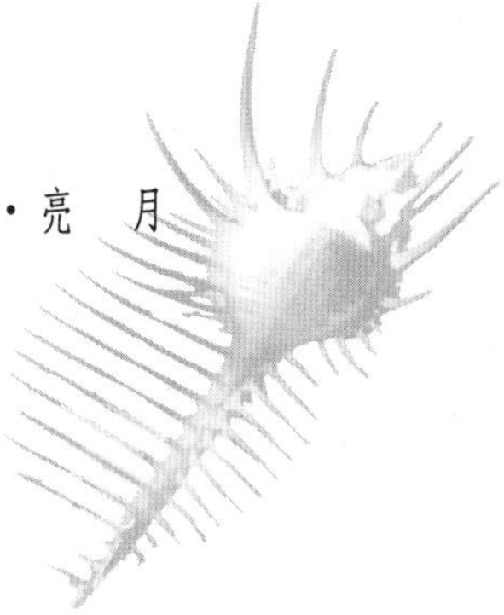

我總是用一種固定的臥姿，在一片固定的氛圍裏等待妳。

空氣裏沒有一絲想法遊走，塵埃中沒有一絲哀愁閒盪。是城市墜入寂闃的時刻。

當房間裏的一切傢俬依然站立、卻落入無意識的自然沉睡時，唯有橫躺的床鋪及枕頭，保有知覺。知覺仍在。落寞的是，竟難以烘焙出一點我所渴望的溫度。

這時，我多希望妳能越過窗戶，進來陪伴。

妳從不允諾，卻也從不爽約。妳總是在一定的時刻悄臨——

用十分緩慢、向西邊輕挪的腳步，告訴我，妳的不捨。

用不沾歲月痕跡的臉孔望我，暗示我，永遠留在妳從

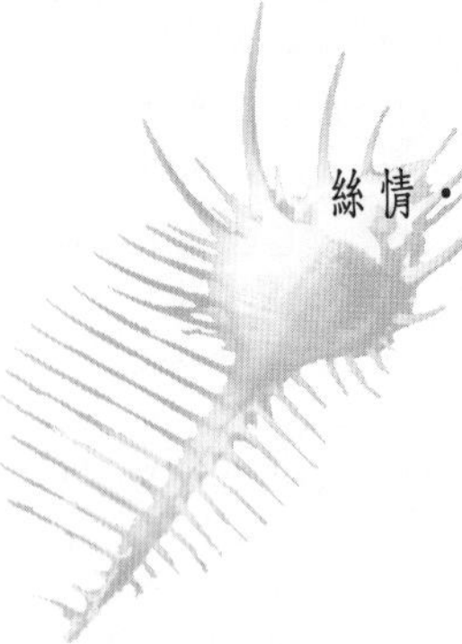

不暗晦的年華裏。

妳不曾眨眼。但那凝望我的素靜中，我確定妳正試圖表達什麼。

然而，他總是說來就來，無情的監視妳。他不允許，像施咒般的撒網，將妳吹進層層的黑紗裏。

妳掙扎，不時探頭，像被強行拖拉、卻仍頻頻回首的怨婦……

我終能明白，妳在向我訴說：

明晚，到一定的時候，妳保證回來；不僅用妳微弱的光暈為我鋪床，並且讓知覺在枕頭上發酵，因而烘焙出一點我所渴望的溫度來。

折翅

然而，即便是羽翅因舔舐而豐，
因呢喃而濃密，兩個靈魂，
依然只能輕如鬼火般，
盤旋墓園之上，難以著地。

時而藏身於高寒的天際，時而躋身於渾沌的繽紛。

由秋入冬，相互舔舐。

由春入夏，互訴呢喃。

你可曾記得，當暮色與星月越走越近時，我和你並肩飛過漫長的竹林，為了尋找棲息之地。

然而，即便是羽翅因舔舐而豐，因呢喃而濃蜜，兩個靈魂，依然只能輕如鬼火般，盤旋墓園之上，難以著地。

那一向淒苦的秘密，被我倆仔細地隱藏，在路邊、黑夜箱型的圖案裏……。

我沉默的看著路人、飛車……還有，一點一點殞落的癡迷。

黑暗，正執意消失，卻看不出一絲接近晨曦的光明。

一個早起的運動者，在我們車邊停下，放任他的狗在輪胎上撒下記號。是否，那標示著我倆不存在的相依？

以月夜為景的黑色圖案裏，總或多或少點滴著星子的淚水。

我自你懷中坐起，低吟，我不要再這樣下去。彷若偷竊，心中總是晦暗，神魂永遠驚惶。那，再也不是為愛而做。

聖潔，在黑夜一回首時，變質污穢。黎明，不再為愛情復活，我痛惜無數個夜即將結束。

褪了色的月白終於鑽進車裏，沒有理由，更來不及悲傷，只有用眼睛含著被月白咬碎的最後黑夜，才是真理。

回到家，我狠狠打破一面鏡子。

因為，我痛恨鏡子裏，那雙正淌流出黑色淚水，不再癡情的眼睛。

我更恨，鏡中那個幾經折翅的、墜落天使的、不再美麗的身軀。

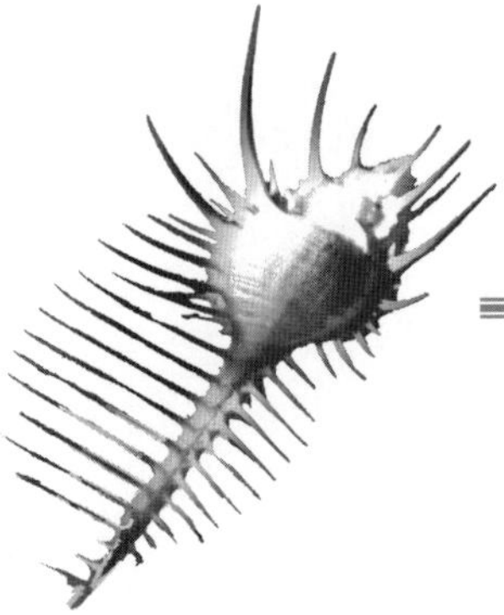

擎天

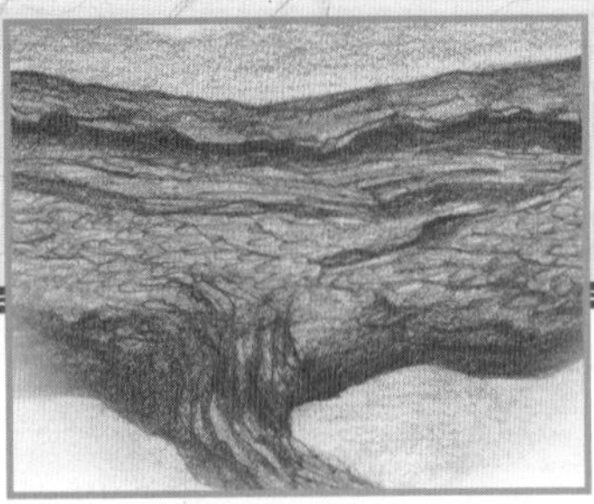

我很想和你一起感動，
為那來自天空的垂詢。
天已下降，
輕垂它的憐愛，覆蓋住草原；
柔軟，情深，繾綣，纏綿。

總是念著擎天崗那一大片草原。

於是，在晴天上山。未料至山腰上，即見霧靄迷漫。不見一物，但感覺得出山景的靈動，正層層凝視、包圍於緩慢車行的周遭。只好開了霧燈，勉強撥開一小方視野。

霧，微微散開，又聚攏，又微微散開。偶見一絲絲游煙躊躇車外。敢問，是否想要鑽進車來？

我搖開窗戶，掬捧歡迎；只見霧燈射出兩個黃色光點，酷似情急之下，緊握住的、對山景的全然眷戀。

眷戀，因而堅持摸索前行，縱使失去方向。車前逐次倒退的白茫茫中，依稀看得見山與雲不停的互換位置，時而雲吻著山，時而山戀著雲。

我很想奔下山去，接你一同回來，在迷霧中感覺一下

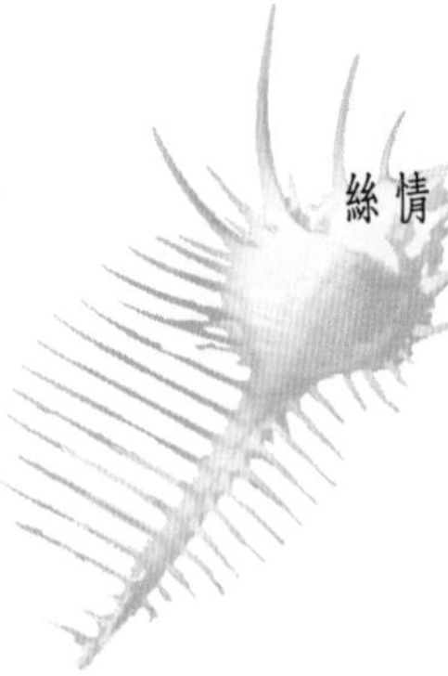

失去方向的自由；還有，山、雲相戀的壯麗。原來，相戀也可以是一種朦朧、且又多變幻的遊戲。

沒有天地之分，擎天崗剩下的只是灰白相連。當霧靄撞進眼裏而濕透了瞳仁，沿頰流淌的冰冷，誠如擎住了天一般，令人驚訝。

廣漠無垠的草原，此刻只能在幻覺中飄浮原本起伏的綠意。

我很想和你一起感動，為那來自天空的垂詢。天已下降，輕垂它的憐愛，覆蓋住草原；柔軟，情深，繾綣，纏綿。

我卻不想告訴你，等雲散時，我要光裸著身子，翻滾在青草地上，獨自享受天空在這裏留下的、我曾經思念了又思念的細語，親澤人間不曾有過的、細緻的溫柔。

願情

願生命停駐在文字永無傷害
的接納與付出當中。
然而隱密不見形象的聲浪，
如邪靈般的蛇行、漫遊而來，
浸濡了自己在書中
久久才定住的永恆。

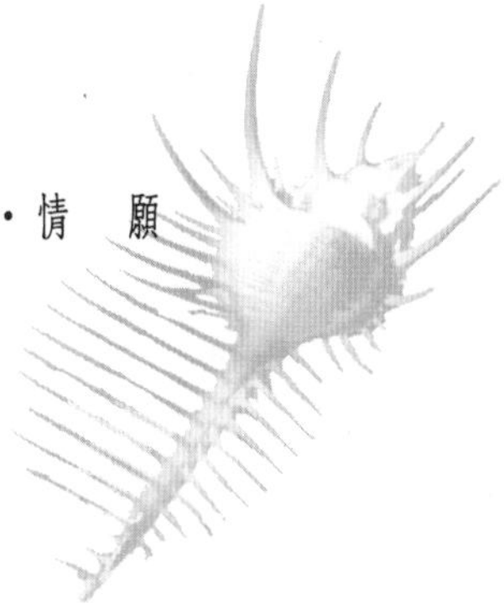

冬日午前，電話鈴響起，我正在看書。

閉著門不開一扇窗戶，為的是拒絕外面世界的干擾；也為更能專注於與心靈的交融。願生命停駐在文字永無傷害的接納與付出當中。

仍然拿起電話，有些無奈。

意念的數位，一時無法轉換成電話線上的共通語言。然而隱密不見形象的聲浪，如邪靈般的蛇行、漫游而來，浸濡了自己在書中久久才定住的永恆。

我拋開書，扔下筆。心裏微顫。似曾相識、又屬曾經努力忘懷的語音記憶，來自於你。

你總是久久、久久才出現一次。

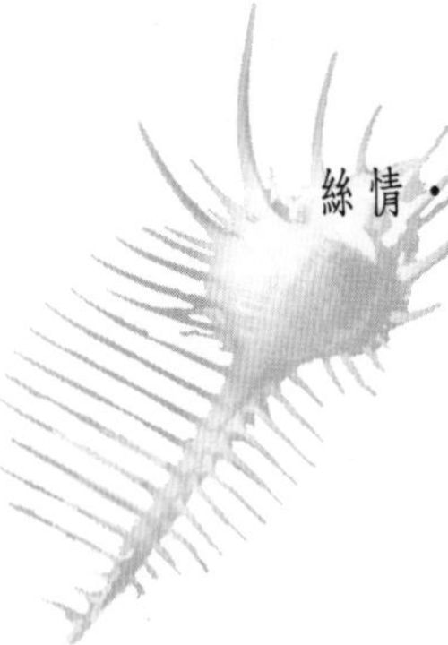

你有意無意，置我於美麗的象牙塔中。觀賞，卻不曾親手觸摸塔中的悲喜。

於是，我決心封塔。在這久久與久久之間，揉悲喜成絞鍊般的藤蔓，纏繞住我心盤上不知鑄造過多少次的堅定。

你問我，現在在做什麼？

我告訴你，我什麼也沒做，只在聽你說話。

我沒有告訴你，你的聲音，現在聽起來像簫管裏吹出的輕快樂曲，令我十分愉快；但我也相信，不旋踵，那簫管即將消聲，然後抽空、只留下哀愁。

你說天氣很好，為何不出來走走？

我知道，這算是你的邀約。關鍵著塔外的多變世界。

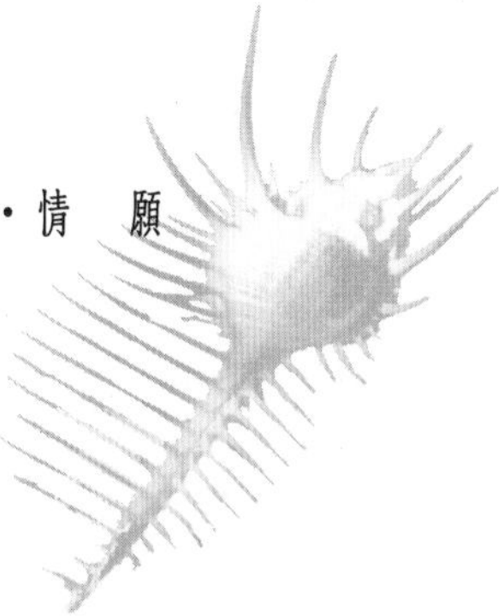

我拉開窗簾，打開許久未動的窗戶。看著午前的窗外。朵朵白雲向我吹來，我忍不住猜想：風與你究竟躲在哪一個角落。

這樣的午前，不該只歸群花群草在風裏獨享。風裏有你。那日照的璀璨，更應該屬於你和我。

於是，闔上書本。我說，好啊，在哪裏？

顧不得那一聲門裏的低吟：冬日午前的陽光縱使和煦，但依舊能灼傷人心。

我的心甘情願，總是在你出現瞬間，變得多麼容易！

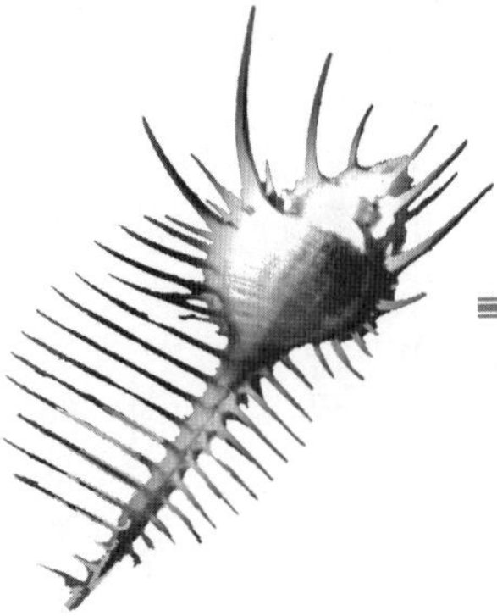

貝殼

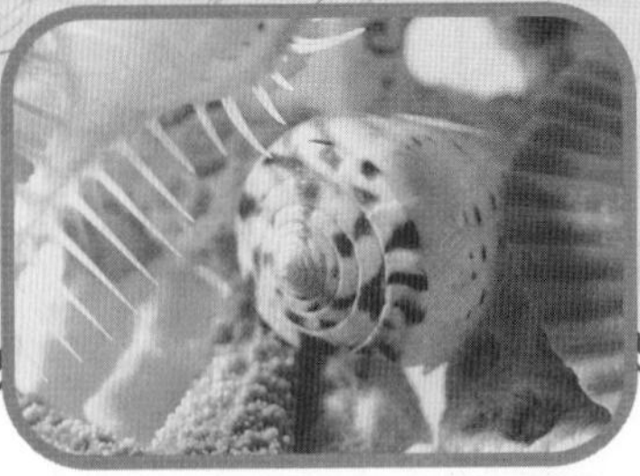

再也不是傳說。
我聽見，貝殼正一字字貯藏起：
自己的命運，午後的陽光，
男人的哭泣，夜晚的孤寂
……。

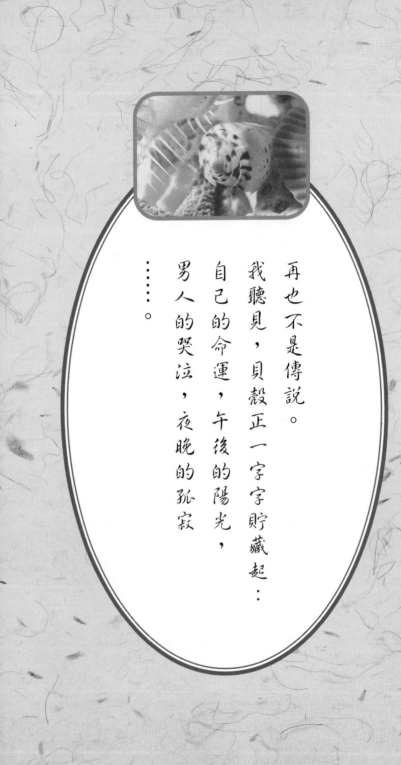

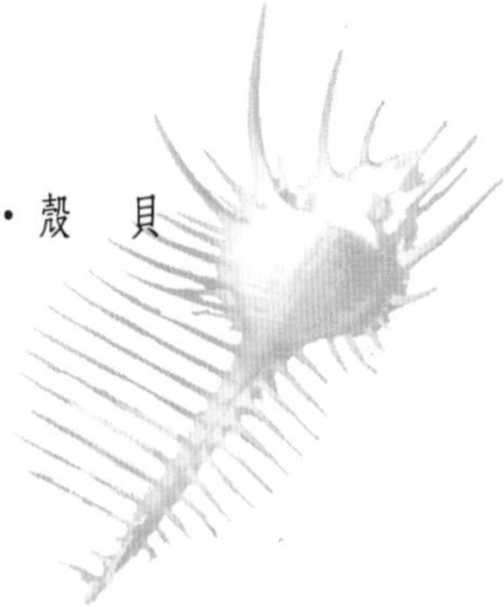

午夜枯坐，寫不出一個字來。同屬燈下一景，我與紫色貝殼相視無言。

相傳，由貝殼裏可以聽到海浪的聲音。

聲音，也許可以對抗孤寂。於是，我將貝殼貼近耳朵，仔細聆聽。

沒有浪潮拍岸的洶湧；如所流傳。心亦無從感受浪花襲人的澎湃；孤寂仍在。

我心下默許，海神！這回我一定誠心屬意，以全部孤寂傾注。

呼嘯無力的風聲，微弱，似乎來自海面。再細隨捲入，漸有嗚嗚之聲；如蟄伏在飄動的海底、那風自礁岩間穿梭時的低迴……。

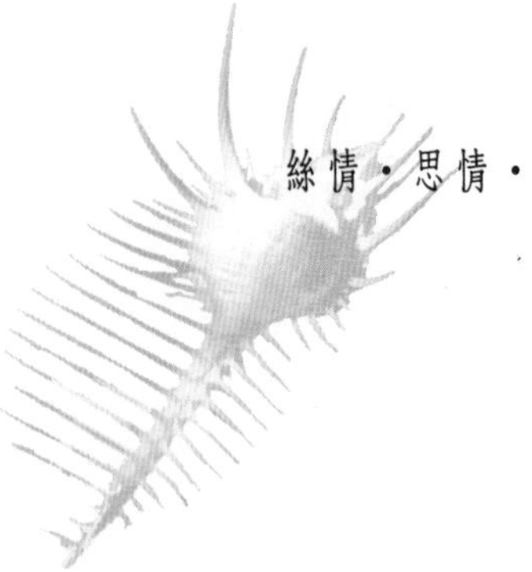

我想起男人的哭泣。

那日，看到一眶淚水，在你眼中盤旋；良久，終於禁不住沿頰滾落。

你用揮起手臂的動作掩飾，迅速拂拭潮濕的臉頰。來不及乾透的痕跡，有如塗滿顏料、初初打底完成的畫布，懸掛在海風追逐不到的角落。

我試圖忘記那次的淚水，正如你也絕口不再提起貝殼的身世一樣。

然而，貝殼卻不曾忘記……

好久以前，我和你同經一條小巷，一個紫色貝殼躺在地上。我猶豫，你卻把它拾起。原來，我們都往同一個展覽會場。再度相遇，你自口袋裏掏出發亮的貝殼。那個午

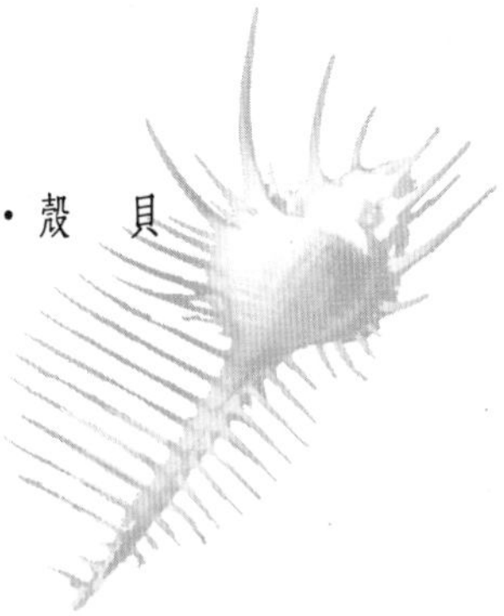

後，我自你的手裏接獲一片紫色的陽光。

再也不是傳說。

我聽見，貝殼正一字字貯藏起：自己的命運，午後的陽光，男人的哭泣，夜晚的孤寂……。

我也聽見，它正在聆聽我……。

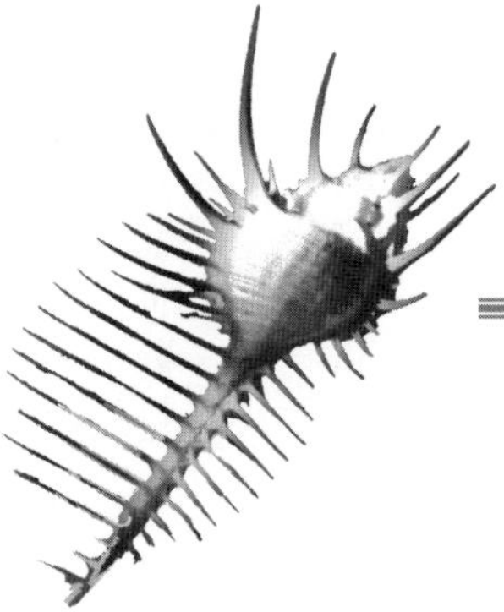

入畫

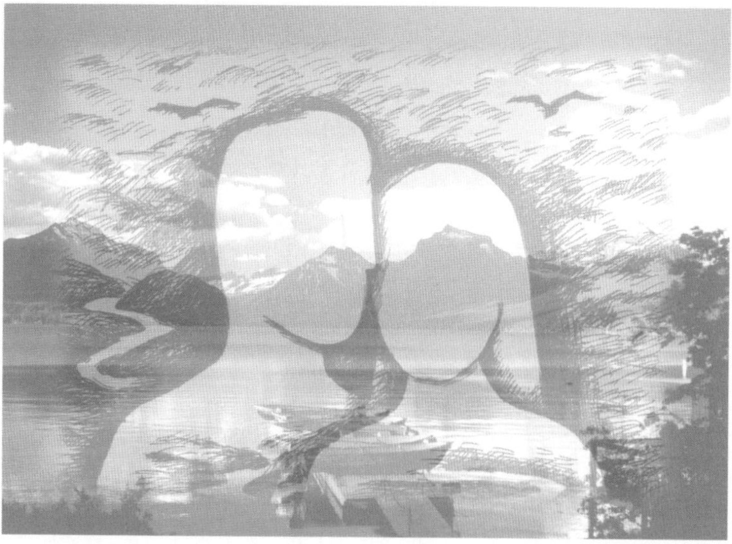

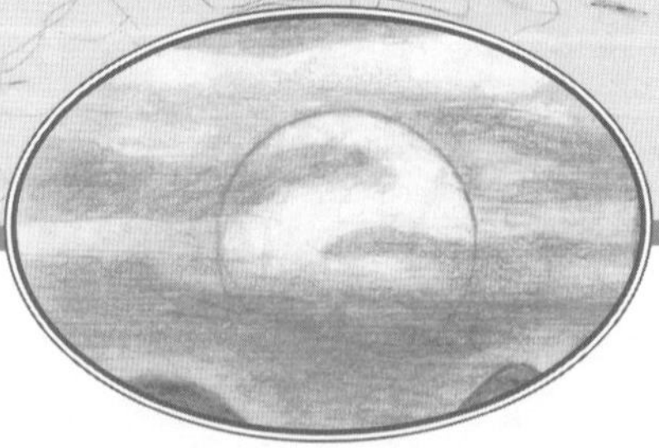

深邃的表情，闊張著無垠的眷戀；
江海般的眼波，幾乎淹沒人間、
尚未結束的悲喜。
他們仍有愛、恨。
栩栩如生。

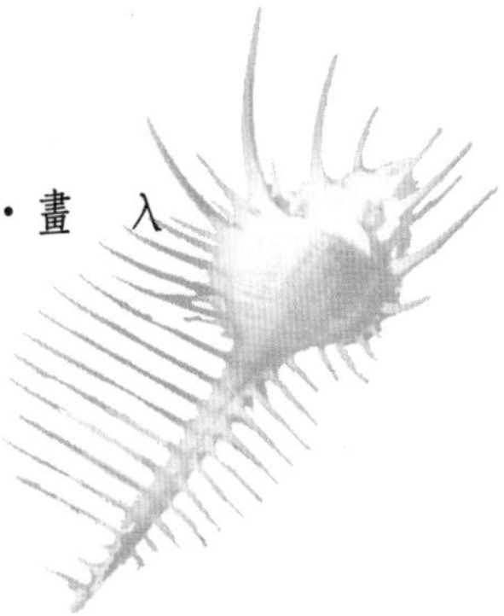

一次一次的生命，消失在寰宇裏；一幅一幅的肖像，因而懸掛，為生命保存記憶。

畫家筆下，深邃的表情，濶張著無垠的眷戀；江海般的眼波，幾乎淹沒人間、尚未結束的悲喜。他們仍有愛、恨。栩栩如生。

是一種語意的傳遞，但聽不見聲音。

是一種開啟了一半的唇型，但欲言又止。想像自己如果能走進那畫框裏，我會留一聲驚嘆，在往生的時日裏；為：繼續思念那曾經與我擦肩而過、卻不曾發生的故事……

我帶著一種願望，央求你為我畫一幅肖像。

你立刻拿起畫筆說，不要動，就這樣子！

畫架後，你飛颺的眼神，不時在我臉上停留、跳動；

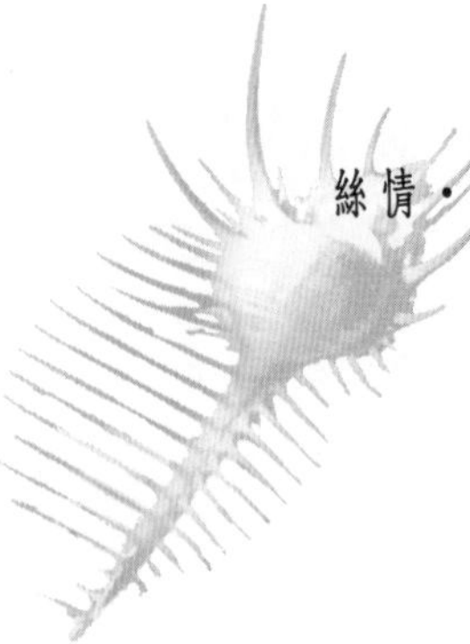

我猜想，即使是在溫暖的春天，此刻自己仍然成了你心裏的雪花片片。零零落落。

畫布上，我的五官，正被支解成為線條；我的肉身，正被融化成為顏料。

你忽然停下來嘆了一口氣。隨即僵直的眼神，似乎也帶著一種願望。

我的心神，再也忍不住，跑開至當年的木棉樹下……木棉花的橙紅，在夏日裏，灼灼燃燒出過多的熱情。我那必然一生追逐的火紅彩裏，赫然出現一個揹著畫架，肅立在樹前的單薄身影。

那一幕，幾乎來自不可能記憶的年代了。我試著忘記。然而，卻一向清清楚楚的記得。

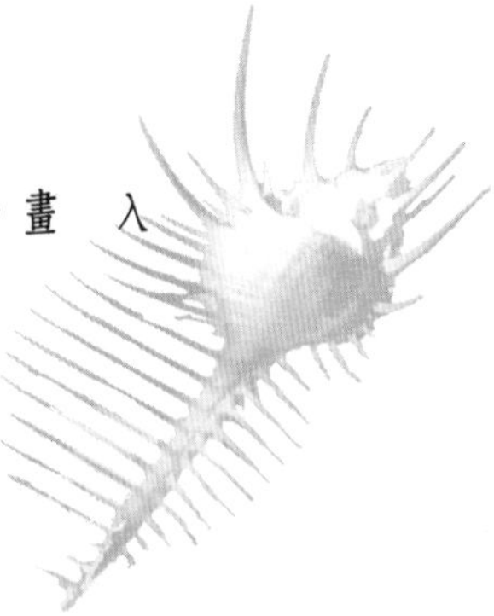

因為，那是我一生中最專心的季節。是木棉花開的季節。

你為我完成的畫像，令人難以置信；在我微仰的臉後，一團團火紅花球，開在平伸祈天的枝椏上；木棉樹，正以一種亙古的驚嘆，訴說點點初發嫩綠的蒼涼。

難道，你正是那位、當年立於木棉樹下的少年？

無怪，在你畫我的同時，我也在心靈深處，悄悄將你速描完成。並且，置你的肖像於那齣不曾發生的故事的年代。

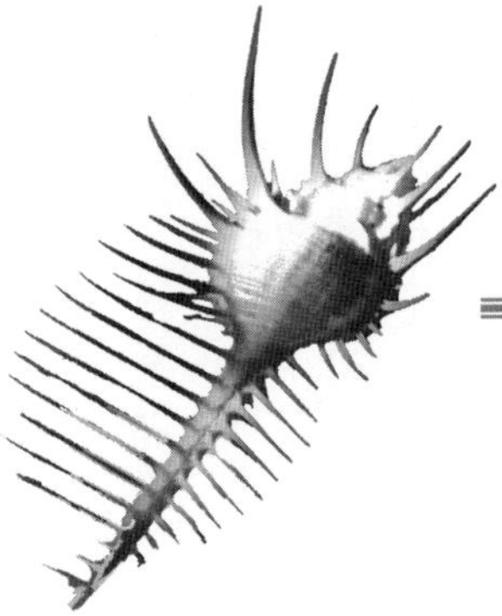

下午茶

你將杯子收回，
轉了半圈，
然後對準白瓷上的口紅印，
輕吻了玫瑰色的半月。

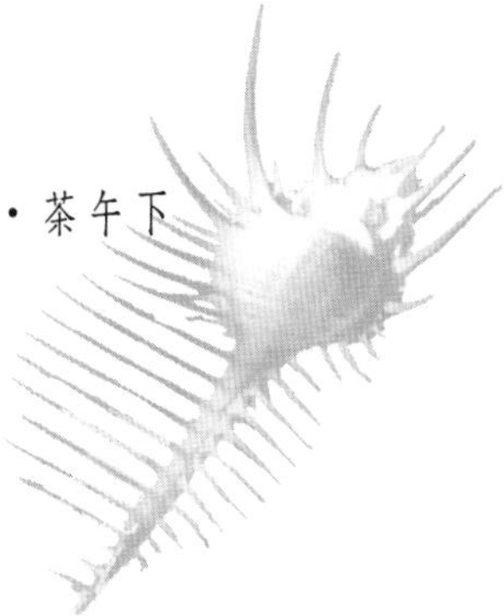

鄰座椅子上蹲伏著一隻波斯貓，黑亮、慵懶得十分詭媚。

音樂驟止：即使僅是換曲，依然有若斷弦一剎那的淒迷。

幾許寥落。心情，徘徊在霏霏如雨的暗淡光暈之中。

咖啡似酒，迴繞醉意；我承認自己癡迷在你微笑的酒渦裏。

然而，柏拉圖式，我連手也不曾給過你。

長久以來，下午茶的含義，是兩付身軀的隔離，在咖啡桌的兩端。而當我們同時稱賞面前的尼泊爾桌毯時，交集的目光，成為另一種形式的相惜。

相惜，一天又一天，在每個豔陽，或，雷雨的午後。

我們來到尼泊爾桌毯圖案的神秘裏，按個人喜好，喝一杯

溫度適中的咖啡。

你沉吟片刻，緩緩遞過你的杯來，說，喝一小口就好。

我嘗了一口 whisky 調和的愛爾蘭咖啡。你將杯子收回，轉了半圈，然後對準白瓷上的口紅印，輕吻了玫瑰色的半月。

一點靦腆的笑，輕網在薄薄的燭光裏。

午後。咖啡桌的寬度、尼泊爾桌毯、適溫的咖啡、玫瑰色半月、白瓷杯緣的輕吻、靦腆的含笑，組合成一首完整的詩。

唸完詩，又到了下午茶該結束的時候。

無夢

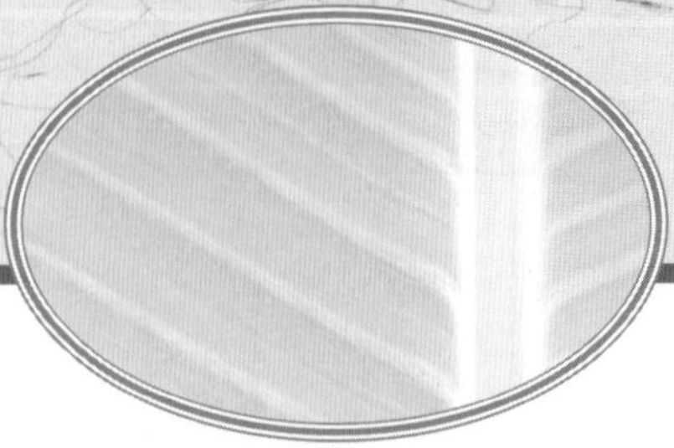

……

牠彷彿更想提醒我：

當愛情回頭，傷痕固然可去，

然而舔舐療傷的心，

卻將永遠迴盪、低垂。

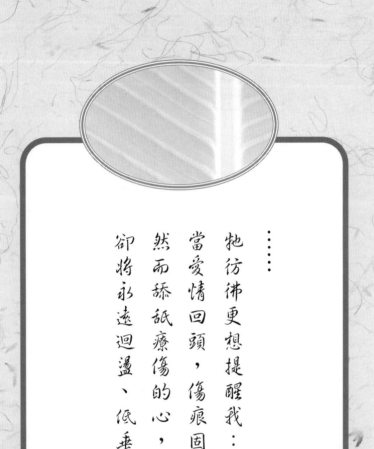

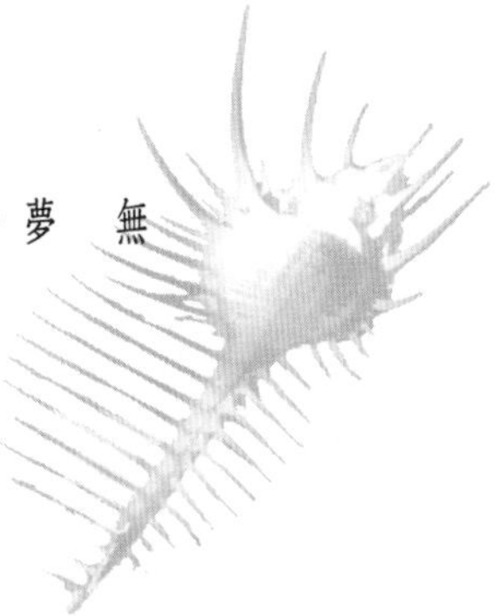

萬般星碎的水珠，灑自倒映的天空。如煙花四濺。

白鷺冒出水面，輕盈漫步，在散落河床的鵝卵石上。時而仰望，時而垂首。

稍後，飛來另一隻體型略大的白鷺；貼身而降，向牠頻頻點首。

好一陣子，兩隻終於齊身展翅，一前一後。絕美的羽浪，畫出雪白交互的感動，像是我白日醒著時候的夢。

白日的夢，總是炫綺，尤其在金秋、沉溺於水草間的豔陽下。

我只覺甜美，不用耽心夢醒時的酸楚。

盤旋頃刻。牠忽然獨自折返，俯視水面被羽翅震動帶起的漩瀏。然後，蹉蹉在原地降落。

我頓時覺悟，實際無夢；在白日，我看不見河流源頭，哪來夢地？只能想像，涓涓而下的流水中，其實，萬般情事，均來自遠古。

此時，那雙古意映然的小眼睛，正向我咕嚕咕嚕。牠顯然與我十分接近，水中的倒影，幾乎在藍天上重疊，牠依然一無所懼、安心望著我。

無視於相隨的那隻白鷺的流漣，牠相信，我與牠才屬同一國度。

牠低垂著頭，緩緩彎進羽翅。仍時而抬眼瞅著我；依依的眼波，彷彿在說，河水淙淙，只為洗滌遙遠的夢地。

我看著牠，在毫無瑕疵的潔白絨毛中垂眼、輕啄。

牠彷彿更想提醒我：

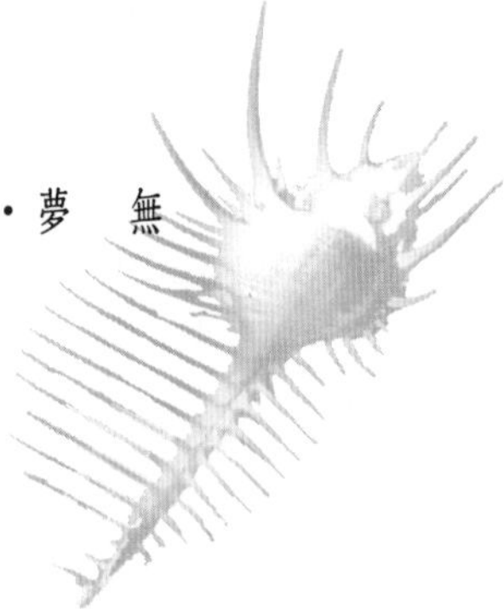

當愛情回頭，傷痕固然可去，然而舔舐療傷的心，卻將永遠迴盪、低垂。

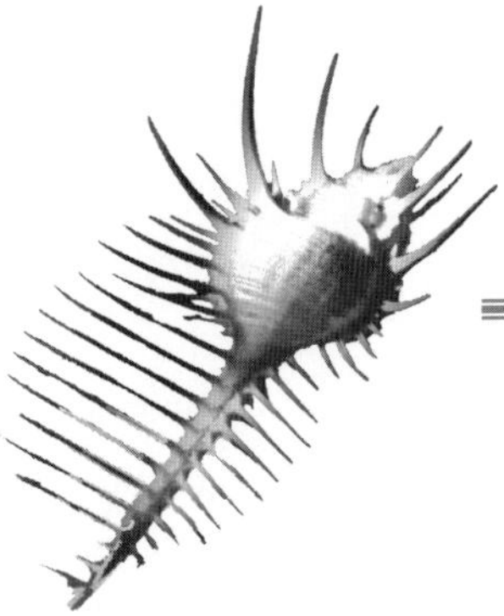

讀詩

已是秋天，而今，
生命終會倉惶而走，邁向嚴冬。
為此，在寒冷至結凍之前，
我再次有個心願：
讀一讀你的詩——
最後一首詩，
也許，為我。

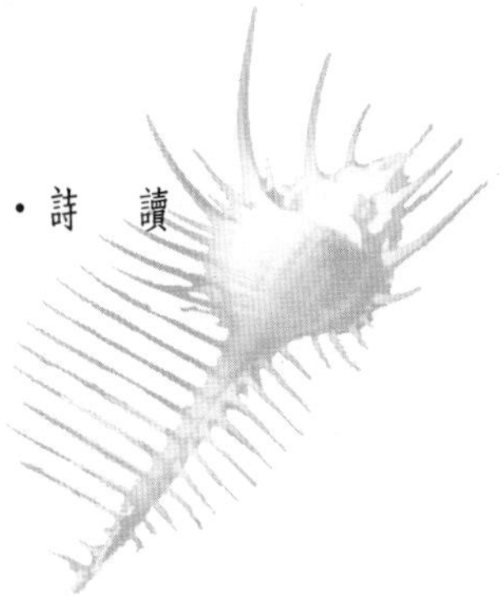

臨近子夜，塵囂杳去，屋外盡是黑漆。只剩星月相惜。杯盤瓶罐中，響起魂斷藍橋的旋律。燈光倏然黯淡，柔媚隱逝，正是咖啡廳肅起臉容，送客打烊的時刻。

面前一杯桂花茶，此時收攬所有的孱弱光線。杯面薄而透亮，有若仰望微風的池水，一汪斂靜。

茶已沁涼。我仍未曾喝下一口，只因為等待；我耽心，一旦桂花香味散去，你將失去靈感，寫不出詩來。

不知源起何時，小點小點的白花，星羅棋布，開始綻開在詩的田園上。然後，悠悠如命運，錯綜複雜。

已是秋天，而今，生命終會倉惶而走，邁向嚴冬。為此，在寒冷至結凍之前，我再次有個心願，讀一讀你的詩——

最後一首詩，也許，為我。

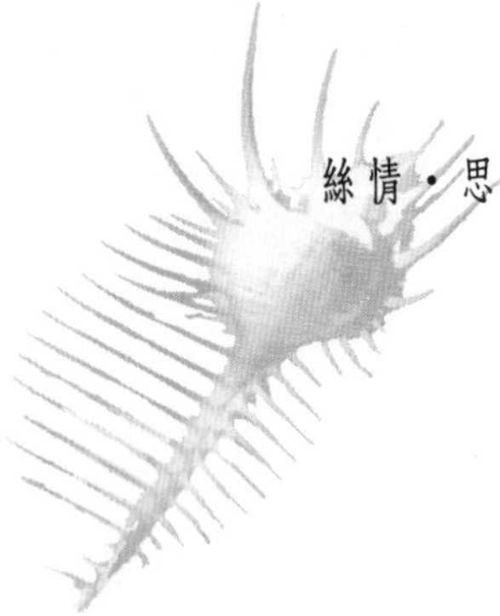

詩人！我愛上你的詩，因為我和你一樣，生來孤獨。

我卻失望地聽見你說，你不寫詩，只喜歡讀詩。

說時，你緩緩端起我的杯來。桂花馨香，使你表情佈滿祥和。祥和，閃耀在光滑之中。

是否，詩人的臉上，不需要任何紋路。你的紋路，一向潛藏在思維的皺摺裏。

魂斷藍橋的最後旋律，消失在指間裊昇的煙霧裏。你被噴薰得灰濛濛的焦容，終究氤氳成詩。

餐廳侍者過來收走了杯子。

此時，你恍然如墜雲霧。你說，你現在開始讀詩；而那首詩，是我。

約定

想留住你
如雲般的笑容。
無奈是晴天，
太陽融化了雲朵。

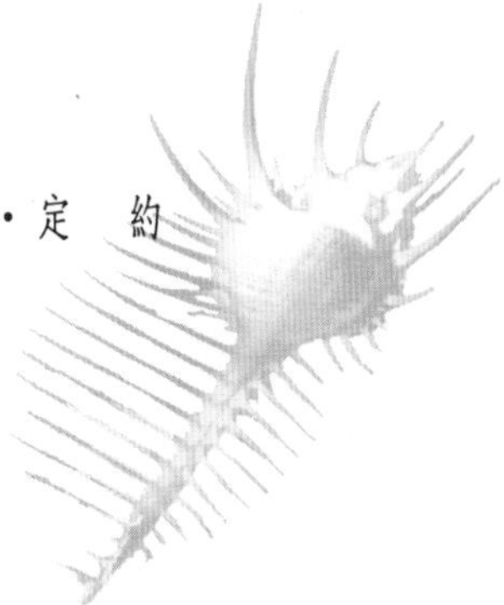

你是否忘了雨天的約定？

如果沒有忘記，為何令我感到這般心碎？

想留住你如雲般的笑容。無奈是晴天，太陽融化了雲朵。

你曾說過，雨天專屬於我們兩人。因為，霏霏雨絲，恰好隔絕了塵俗，也切斷了憂愁。

我十分贊同，也總喜歡躲在傘下、那一方小小的世界裡，悄悄享受你那顆在雨天裏、濕潤而柔軟的心。

我更喜歡慢慢的、慢慢的走。因為，在雨霧的朦朧中，看不到路的盡頭。

你也曾說過，大海見證了你的誓言：你不會遲疑，一定生生世世好好疼愛我。

那夜——

兩顆壯烈的心，碰撞、悲鳴，拍打著沙灘上、沒有年份記載的除夕夜。

而當一波波的浪潮，向我們湧來時，你要我對海發誓：永遠不離開你。

「我不相信，我根本不信……」我狂奔在自己的吶喊裏。

曾經創痛，我不再海誓山盟。擁抱誓言，無異於走向幻滅。怎能海誓？我害怕，我不敢對海說……。

然而，我畢竟不得不承認，為尋不到雲朵的蹤跡而悲淒。

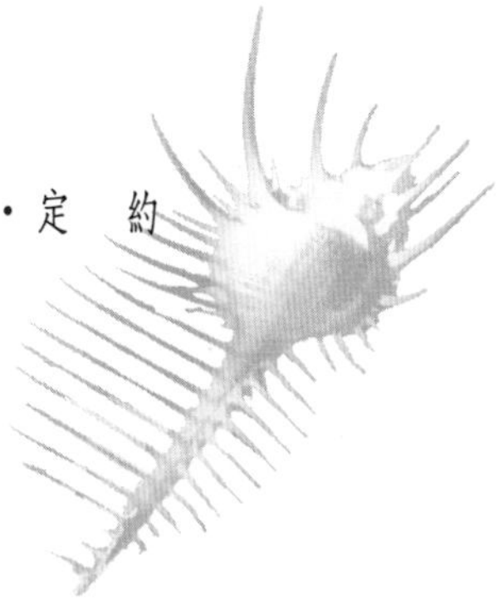

只有為等待而貯藏了比雨水更豐盈的淚水。

驀然回首，我原是那樣的遲鈍。多久以前，就不知為你掉過多少的淚。但是，為何總也不肯承認愛你多深。我害怕，因而，總是說我不知道。

如今，我卻什麼也不怕了。只要——

你能留下。

我已仔細想過，無論多久，我會等待——

晴天之後，雨天總會再來。到那時候，我們再重新立約。好嗎？

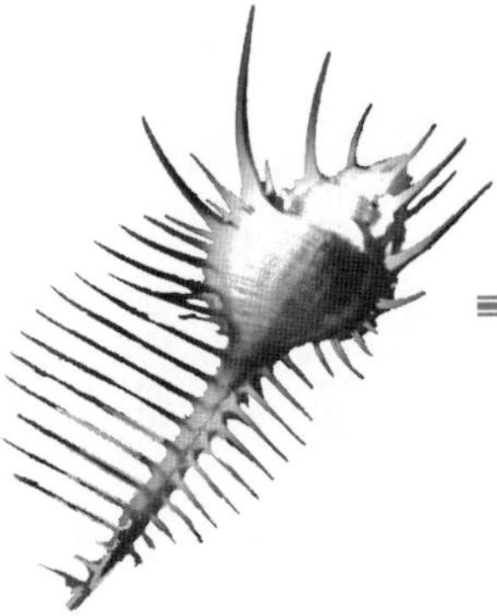

輯四 疼痛

候診

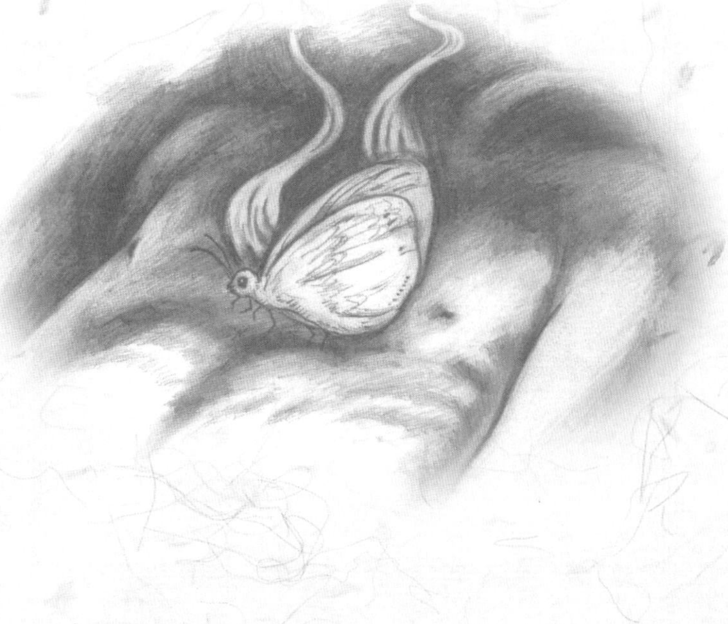

那毫無預警，
向身體鎚擊、搖撼的，
不是電話鈴響，
而是不規律的茫然心音，
来自心房心室間、掮垂的辮膜。

窗櫺捎來厲冬的潔癖，以及巍顫澀綠。

眼神，遲暮。窗玻璃上的水珠，卻是一整片含情脈脈。

看診序號停擺，有如十字路口冗長、毫無動靜的紅燈，引人窒息。不耐的騷動，輕輕由各個角落蒸起。

遙遙難以盼望的心情，此刻又該寄望誰與我相繫？

於是，我避開電視牆的紛鬧，尋找僻靜。

記得你說過，會來陪伴我。至少會打電話給我。於是，我倚坐窗邊，打開行動電話，保持通訊。節奏宛若心跳的綠色訊號，此刻更似心悸。

心臟科就診燈號，終究緩慢挪移。

依然傾心聆聽。

那毫無預警，向身體鎚擊、搖撼的，不是電話鈴響，而是不規律的茫然心音，來自心房心室間、搧垂的瓣膜。

猛然的劇咳，酷似傾力震盪即將用罄的瓦斯瓶，藉以維持最後一分火力。

窗外玻璃上的水氣仍在，但癡凝無望。僅是隔絕。我依舊感覺不到一點氧氣。

而電話鈴聲總也不曾響起。

孤寂，沉墜。我想也許我就要這樣死去。

在逐漸昏暗的意識裏，你的電話號碼仍舊清晰；但我已失去重量的指尖，宛若圍繞墓園的磷火，點點飄忽，浮離按鍵。

闔上眼。彷彿經過一道閘門，泅泳至一個沒有音感，也沒有形象的世界。

白茫茫中，你終於向我奔來。

猶如見到最後趕來的親人，我於是安然浸濡在一種滅絕的喜悅中。

呼喚

好一陣子，
我只好躲藏在酒精裏。
我一口口飲盡妳遺留下的半瓶紅酒。
虛空的酒瓶，
終於迴盪起妳熱烈又蒼涼的聲音。

我從未改變過的名字，在妳的呼喚裏，幽昇著異於別人的熱烈，因而更加顯得蒼涼。

我倆的共同世界，是那樣的不容易。一向要靠躲藏，才能存在。

躲藏，在那片全是雌蕊含苞的花海中，妳勇氣十足的靠向我……。

我仍未覺察：擁抱，意味著一切時空就要過去；而親吻，卻寓示了花瓣即將殘落、墜地化作春泥。

既然，終點的勝負早被預言，那麼起點的勇氣又何以被輕易放棄。

回想那句話，是妳的最後遺言，妳說，勝者為我，敗者為妳。

如今，命運的征服，誰勝誰負，已難分說。事實上，

我依然牽絆塵寰，妳卻釋懷雲遊。

我難以接受，妳的毅然尋短。

好一陣子，我只好躲藏在酒精裏。我一口口飲盡妳遺留下的半瓶紅酒。虛空的酒瓶，終於迴盪起妳熱烈又蒼涼的聲音。

終究，不再那麼困難。雖然此時我走得很慢……

妳的名字，此時，也同樣被我呼喚。只是，無需透過喉舌。

不是嗎？相逢不需要時空；呼喚，又豈止存在著聲音！

初戀

孰知毫不知覺中，
豆蔻已梢頭，
沁涼的風，
恰恰帶来夏日的夢。

一雙小小的腳丫，光溜溜，斂靜著初開的情竇。

當愛戀褪怯得只剩下模糊，而掌心交織的紋路錯綜成隔世的恍忽時，我卻依然想念，一雙厚實的手，濕冷冷的滑過腳心、腳背，來回搓揉。

料你未曾想過，那時搓揉出的，竟是一個悠遠又無解的長夢。

你在廟旁樹蔭下，搓揉柑桔；在染著午陽的橙紅表皮上，扎一個小洞。

我奔跑在樹下，光著腳、吸吮甜蜜中帶著一絲酸澀的桔汁。

你追著我，要求我讓你抱一下。那是第一次。一臉無

邪的表情，正經得使我十分想笑。

孰知毫不知覺中，豆蔻已梢頭，沁涼的風，恰恰帶來夏日的夢。

我醒來時，你已向比丘尼要來半桶水；你正用一雙濕冷的手，洗我沾著泥巴的腳心；你連我的腳背一併輕輕搓揉……。

當我越走越遠，再一次選擇坐在樹下晾起赤裸裸的腳丫，風從腳趾間穿過，留下涼颼；我才意會到，回首太難，千萬難！

想笑，想哭，想鑽進留在懷中的影子裏，想浸濡在前世的氣味中。

唯一，加上永遠，你是我的初戀。

長廊

錯亂，
散置於柔軟的枕頭上；
曾經跌落了一床的長長黑髮，
依稀還飄揚起你沉甸的呼吸。

長廊，杳無盡頭。

古樸的壁燈，幽幽俯視霉濕的氣味。

昏黯，令人不自覺走向五十年代。

我彷彿心繫兩頭，泫然欲泣於記憶之初、以及迷惘的未來。

從來不思想歷來悲劇的醒心哲理，因而，更加執著於故事起始即已預示的命運。

希臘神話中，希斯佛斯推石上山的宿命，與上海外灘風雨中的盟誓，於我，同樣久遠。

而當我再一次走回和平飯店古老的建築，我已全然想不起自己的年紀。

錯亂，散置於柔軟的枕頭上；曾經跌落了一床的長長黑髮，依稀還飄揚起你沉甸的呼吸。

瀕窗的外灘，有風、有雨、有汽笛聲中的情侶。我才驀然驚覺：誓約，在風雨之中，不是僅屬我倆的唯一。

我終於承認，悲壯的情事，不再只是你匆匆的來、又匆匆的去。

縱然如此，我依舊是我，永遠一遍又一遍的重覆自己。只因為，長廊無盡。

疼痛

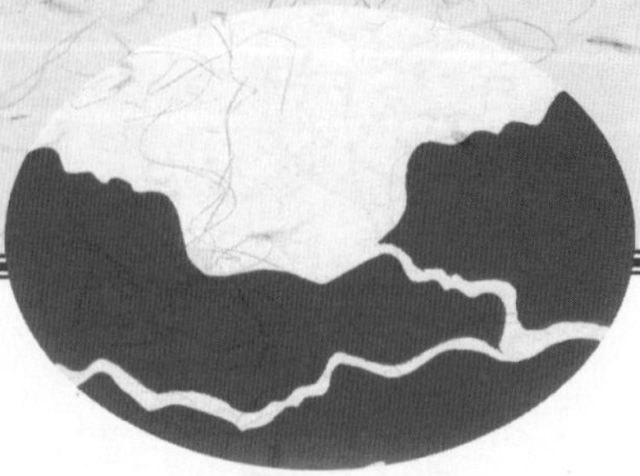

一扇木門，
兩種心思的垂幕，
在每一次燈滅之後。
夜，
從此不再捲動帷幕。

在深邃的夜裏，又沁起無邊的疼痛。

你問：還難過嗎？我搖頭。

疼痛激湧出的淚水，冷冷漫過瞳仁，滲和肌膚上的汗水，在衣衫間滑落。

說還痛，有用嗎？一次次的溝通，換來的只是更冷更痛。

你卻微笑道，又哭！我們現在不是很好嘛！你淡然坐在我的床邊，輕輕撫著我的小腹說：妳哭起來好逗。

多少日子，我總是望著窗櫺上昏晦的路燈，囈想著明日再一次的旭日。然而，路燈、旭日總若血腥般的空洞，夜談終歸悵惘。

你說，人生本質就是現實。你的生命中不藏愛恨，只具緣業。緣份是一種重負，而業障則是一種債務。每個人有自己的日子要過，兩個人在一起原本就是一種殘酷。

我在冷靜中拉拔出一截不屬於熱愛的長度，來相迎，為你的無動於衷。

從不曾想過，你的淡漠是否我生命的屈辱；現在，更無需置喙。唯有暗自決定不再無止境的熬煉，且將愛情視作一道符咒吧！或掩埋或焚化；仍然不明白的是，心意已決，何以愛情銷毀成冉昇的泥灰，並未因而消失於風中，反而加劇了疼痛？

ㄚㄚ，多愛我一點。曾經，你舔著我被雨水浸濡過的髮絲、濃蜜的說。

你說這話的時候，正是彩虹濡染著一方天際的雨後。雨後的沁涼，亙古飄留至今；只是，為何我竟固執著彩虹

的色韻，也應該同樣屬於永恆。

又見晦暗的路燈，佝僂在窗櫺上。我點燃一支煙。夜，終似姻緣、孽債、雨後、彩虹遭白日烈陽燃燒後剩下的灰燼。灰燼成煙，像一行疼痛的淚，絲絲趺伏在窗框裏路燈佝僂的背脊上。

你起身道晚安回房，我知道從此不再與夜重逢。一扇木門，兩種心思的垂幕，在每一次燈滅之後。夜，從此不再捲動帷幕。

而我，依然有個期望：如果再下一場雨……。但是我卻毫無把握，在雨停之後，那方天際，是否會再度出現濡染著七道色韻的彩虹？

風鈴

至於你離去時的腳步，
必然很輕很輕，
輕到連我的夢被削去了一角，
仍然毫無知覺。

思念，最難消受。忘懷，卻又抵擋不了寂寞。

於是，在窗邊掛上一串風鈴，任叮噹音符清脆起落。果真不再那麼寂寞！

風動時，我可以想想遠方的你。風止時，我可以享受片刻自身的孤獨。

將生命中的來、去視為憂、歡的互補；漸漸，我也能學會：不那麼在意你的來、去。

怎能怪你！事實上，責任在我。

從來：

醒著時，我不知道你是用哪一種心情吻我。

熟睡時，我更不知道你用怎樣的姿勢離去。

只能想像：

吻是當時真誠的付出。至於你離去時的腳步，必然很

輕很輕，輕到連我的夢被削去了一角，仍然毫無知覺。

現在，我耽心的是你！

因為，你不經意地帶走了寂寞，把風鈴留給了我。

夫妻樹

風起雲落，
寥寥纏訴著前世的痠痛已過，
我才遽然發現
自己也曾擁有一雙、
在幽谷間承接過
雨水與淚水的手。

一對相偎的暮年老人，走入黃昏。我的目光忍不住一直追逐他們。

車子繞過一個彎。他們並未消失，只是山在旋轉。再也看不見，但深刻的印象，已經不可磨滅的留在心版上。

那枯森森的形軀，如化石般冰寒。莊嚴的姿勢，比古墓裏發掘出的合葬儀式更加肅穆。

他和她，看似一對互相責難的林間鳥，但終究比翼雙飛；又像一雙你沉我浮的湖中魚，但畢竟相呴以濕。

他們來自哪一個年代？百年？千年？那是人類此起彼落的對話，隱藏著震懾與敬意。然而，歲月卻是無言，僅僅高舉著難以想像的堅持，染濡了整片山林。

當我們不勝自惜的心靈，幾乎被任意遺棄在山谷的角

落時，這一對乾枯的奇木卻以悲愴、疲憊的殘戀，繼續追索、探求他們永恆的生命。

遊客的驚嘆聲，在空谷中很快消融；時間亦未曾留下浪跡人徘徊的身影。唯有季候的篇章，從未終止、輪流解讀她為他倆生命交融而付出的頑強。

我似乎聽得見她那斷裂、參差不齊的指尖，正傳出陣陣無聲的嘶喊，迴盪復迴盪。

不禁使人聯想起，是否曾經，她用這隻手愛過、撫過、擰過、恨過，因而耗弱、枯殘。

現在，她仍用這隻枯殘的手，緊緊環抱身旁的他，彷若擁抱的是：前世的疼痛與來生的憧憬。至於她臂彎中、嶙峋斑剝的身軀，更像是她不能鬆手的、今世的命運。

一時，青蔥碧翠滯留住我難捨的目光，滴滴灑落在這

枯森森的夫妻樹上。我也因而默默想望著另一個身影，與我重疊，然後，悄悄匹配於層峰峻嶺的靈氣中。

風起雲落，寥寥纏訴著前世的疼痛已過，我才遽然發現，自己也曾擁有一雙、在幽谷間承接過雨水與淚水的手。我於是將今生的卑微捧在手心獻給你。

不為別的，只因確信：我依舊會是你來世的妻子。今生的卑微何嘗不是來世的崇高！當我這樣的想著你時，一切的一切都只賸下深遠的祝福！

那麼，生命可曾負我？

塵望

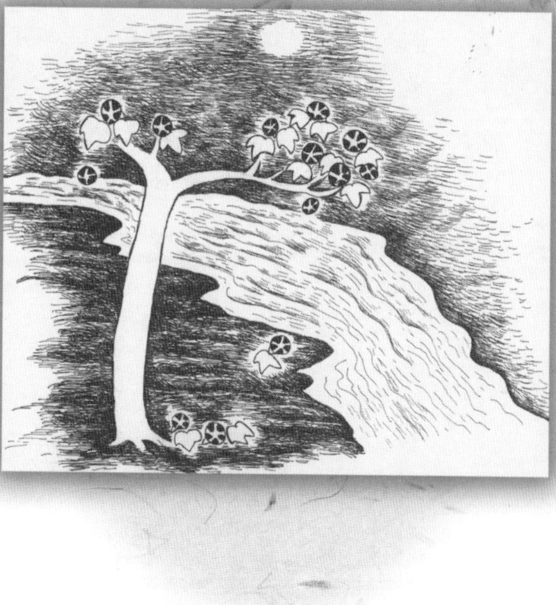

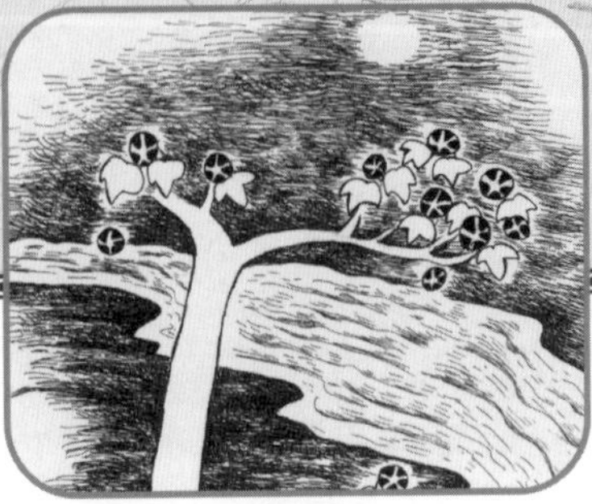

當夕陽突兀地閃現出
你金色的面容時，
我有些失望；因為，
你眼裏落日的璀璨，
一眨眼就要轉為黑暗了。

站在山頂上，遠處無數的光點，穿流在一對彎曲得很相像的線條間。

猶似眷戀，又帶著更多的熟悉。如此，我便明白：我「回來」了。只是，我已忘記，什麼時候失去記憶。

久未撫面的山風，輕刮起霏霏細雨。欲斷魂的季節？此刻不正是清明。

寶石藍的夜幕，緩慢劃過一道光影；是幽冥的精靈、亦或人間殘存的彗星？

我終於喚起記憶。我曾是地面上的一粒塵埃；那光影則是天空上夜航的飛機。我更愴然想起，機艙四周冷硬的金屬，包裹著的、艙內的悲歡和憂喜……。

「人之生也柔弱，其亡也堅強」；「柔弱」的我，並非反向執意，求取自亡。然而，在與你攜手走過上千個巔

籔日子以後，心裏總持有一份艱辛。於是我想，是到了該分手的時候。

抉擇時何等困難，離去時最是哀傷。原本，我只想到離你很遠的地方去；但，是否老天憐見，祂領我到了更遠的地方……。

當機身開始猛烈震盪，即而在天空化做一團火球，「堅強」的我，宛若一朵勇敢的孤挺花，瞬間加速怒放。血紅的美豔中，我第一次看到：無數醜陋、驚惶、錯亂聚集的面孔；還有，一灘星火猶存、自己生命的灰燼。

周遭，穹蒼素潔。只見雲霞無邪的靜容，悠閒沉浮。

當夕陽突兀地閃現出你金色的面容時，我有些失望；因為，你眼裏落日的璀璨，一眨眼就要轉為黑暗了。

我以為從此不再回來。

然而，山腳下的快速道路，循著軋碎了不知多少回的輪胎痕跡，駛向夜的盡頭。我的感覺，在幽冥中一時又回到奔馳的車箱裏……。

曾經，你那帶火的溫暖，掀起我血液一陣陣的熾烈。而，夕陽、晨光、暗夜，在擋風玻璃外總在不停的旋轉；也在，瘋狂融化、沉睡。那時，世界彷若空無一物。唯有親吻——在逆向的來車道上，才能叫我們甦醒……。

如今，已然黑暗的山頭，有誰看得見長髮與雨絲糾纏？

我依然想念……。

想念著滿滿一櫥櫃的衣服，清晨的羊奶，睡前的軟毛牙刷，堆置書桌上的稿紙，巷口患皮膚病的老狗，槐樹下光著腳丫的午睡，擱置隱密小抽屜底層的衛生棉。還有，來不及收藏的、最後一張飛機票……。

然而，我最後的想念，畢竟還是你。

你，是否也同樣想念我，在這對年的忌日裏？

你，是否也記得來到這山頭上，追念遠處那兩條不交叉的動線中、忽明又忽逝的流光，呼喚著魂歸來兮？

遇白鵝

至於我的肉身，也必將融化，
沉入灑滿星光的池底。
到時侯，我將化作白鵝，
游到岸邊，向你乞食。

我等著你流下眼淚，你卻沒有說出一句感傷的話來。但是，你的臉上沒有笑容，卻也不見絲毫憂慮。

池邊小丘上有情侶相偎的身影；園中有夏末的輕愁。然而，今夜竟全無詩意。僅感到絲絲楊柳遮面，將一縷縷的沉重，垂掛進水面月光裏。

我別過頭來看你，是青蒼的月白削瘦了你的臉？亦或我貧血的心境將世上的一切均壓縮了！

世界果然縮小了。但，最好還是消失。如此，我將再也觸摸不著自己。

不是為了害怕疼痛，只怕別離。請你不要離去。

我想起自己身體裏的癌細胞來。

當我多次進入開刀房被麻醉前，你知道我在想什麼嗎？我想記住意識清醒走向昏迷無覺的那一瞬間。明知愚

蠢，但仍想證實，自己對抗生命消失的意志力；更想體驗，在清醒中與世告別的莊嚴情愫。

終究無能為力。在恢復室醒來時，十分訝異，首先想起的，竟是對如何失去知覺一無所知的茫然。

不只一次，我聽到手術後，恢復室裏呼喊我醒來的聲音，寶貝，寶貝，寶貝……。

這是你替我取的名字，而我還是喜歡你叫我貝貝。好發音。你一向不是矯情造作的人，也無需為了我有所改變。寶貝，是一種珍藏，就讓它埋在此園某個角落裏。此生足矣！

你也正好在這時告訴我，有了我，此生了無遺憾。

池塘裏的一對白鵝，在池面悠游巡禮。不見波瀾，只

見漣漪粼粼。當牠們游至面前時，你突然大聲說：唷！牠們吃什麼啊！不知道餓不餓？

園中回復安靜，我無法回答你。

我現在看著白鵝輕撫的池水，只願將靈魂也一併浸泡洗淨。或許有一天，可像旭日一般昇起，再來與你分享人世間的歡愉。

至於我的肉身，也必將融化，沉入灑滿星光的池底。到時候，我將化作白鵝，游到岸邊，向你乞食。

你豈可——

搶先離我而去？

與芒海有約——後記

寫這一本書是偶然的。「情思・情絲」這個「名稱」，也是在無意間想出來的。談不上什麼「靈感發現」。每一篇下筆時，也從未特意的「醞釀」過。那，本來就是生命中，最自然的事。都是真摯，也都是無悔。

最初寫的一篇是〈今夜〉，出自日記。

爾後，斷斷續續拾回一些記憶中的風華、或滄浪。

雖然零落，但每一則都是人生的真實——不論是別人，或是自己。

這類小品，在《中副》發表了幾篇之後，即成了「專欄」。「只好」不停的寫下去。其間，幾度歡喜，幾度沮喪。我幾乎輟筆。然而，那麼多人的鼓勵與讚賞，我猶如在沙漠中幸逢一場接一場恩澤的雨水。一切又變得叫人安心。

在我父親——詩人薛林先生打來的一通通電話裏，他總是耐心的聽我，聽我的時而振奮、時而啜泣。然後，他總是在我轉為平靜之時，才安心的掛上長途電話。

梅新主編的師恩，豈止以筆墨得以形容。他更有慷慨淡泊的一面，令我十分感動。當我將我與父親的共同心意——要把我的第一本書獻給梅新老師時，他堅決的推辭說：不可以，妳的文學種子是來自妳父親的。

黛嫚，因寫作而結織，因愛好相投而成為永遠的朋友。在無數個煙與咖啡的午后，她用善良的心靈去體會我創作路上的蒼涼與挫折。尤其這一年來，我麻煩她太多、太多，因為，我總是把煩惱丟給她。

林煥彰先生，我在他、舒蘭先生與父親一起創辦《布穀鳥兒童詩刊》的時候，即已認識。因輩份關係，一直到現在，我仍未改口，還是叫他「叔叔」。林叔叔百忙之中抽空讀我的文章，為的是提供我更正確的方向。「情思・情絲」在《中副》刊登出，好幾次他都寫信或打電話來稱讚一番。莫大的支持與鼓勵，豈是用一個「謝」字就能表達。

《台灣日報》副刊，路寒袖主編，去年某日午后，突然打電話來說，看到我在《人間副刊》上刊載過的〈問浪〉一文，他說，他蠻喜歡的，可否編入他主編的書中。那時的我，仍在蕭瑟與炎涼的晦暗中摸索，我怎會拒絕？他為我點了一隻蠟燭，燭火雖小，卻也照亮了我前往的腳步。

張放老師，也為我的文章，撥冗審閱，又花費心力寫了好幾封介紹信箋。雖然，那些大力推薦我的小說與散文的信箋，至今仍遲遲尚未寄出，我卻將多所感念存放心田，正如同我已將它們仔細珍藏起，保存在檔案中。

三民書局董事長劉振強先生，是那樣的親切。第一次見面，即為他謙和、慷慨的風度留下深刻印象。編輯部不厭其煩的與我商討細節，在其中，我看見他們的耐心、敬業以及友善。

要感謝的人，還有太多、太多……。

我也要在這裏承認自己對家人的虧欠。我為我的先生與孩子們深感不平。他們所忍受的是，近年來的、有一頓沒一頓的晚餐的事實，還有對孩子們的「走開！拜託！我現在不能回答你」的殘忍態度。

奉天，我的先生卻是堅強的。他支撐我的力量，誠如他一貫有的「嚴厲」。長期以來，他教會我不要期待別人；他給了我一種訓練，去應對迎面痛擊的能力。他總是遠遠的看著我跌倒、哭哭啼啼，卻無動於衷。然而，當我受傷甚重，爬不起來的時候，他會像「超人」一般的凌空飛來，一把拎我起來。

……

第一本書的出版，與所有作者一樣，有喜孜，有感恩。

但，也有更多的沉重。

不忍回首來時路，只願將未來一切的艱辛散播在秋天的芒海中。

一九九七年八月十一日于天母居

三民叢刊書目

㉖作家與作品　謝冰瑩著
㉗冰瑩書信　謝冰瑩著
㉘冰瑩遊記　謝冰瑩著
㉙冰瑩憶往　謝冰瑩著
㉚冰瑩懷舊　謝冰瑩著
㉛與世界文壇對話　鄭樹森著
㉜捉狂下的興嘆　南方朔著
㉝猶記風吹水上鱗　余英時著
・錢穆與現代中國學術
㉞形象與言語　李明明著
・西方現代藝術評論文集
㉟紅學論集　潘重規著
㊱憂鬱與狂熱　孫瑋芒著
㊲黃昏過客　沙　究著
㊳帶詩蹺課去　徐望雲著
㊴走出銅像國　龔鵬程著
㊵伴我半世紀的那把琴　鄧昌國著
㊶深層思考與思考深層　劉必榮著
・轉型期國際政治的觀察
㊷瞬　間　周志文著
㊸兩岸迷宮遊戲　楊　渡著
㊹德國問題與歐洲秩序　彭滂沱著
㊺文學關懷　李瑞騰著
㊻未能忘情　劉紹銘著
㊼發展路上艱難多　孫　震著
㊽胡適叢論　周質平著
㊾水與水神　王孝廉著
・中國的民俗與人文
㊿由英雄的人到人的泯滅　金恆杰著
・法國當代文學論集
51重商主義的窘境　賴建誠著
52中國文化與現代變遷　余英時著
53橡溪雜拾　思　果著
54統一後的德國　郭恆鈺主編
55愛廬談文學　黃永武著
56南十字星座　呂大明著
57重疊的足跡　韓　秀著
58書鄉長短調　黃碧端著
59愛情・仇恨・政治　朱立民著
・漢姆雷特專論及其他

⑼陳冲前傳 嚴歌苓著
⑼面壁笑人類 祖 慰著
⑼不老的詩心 夏鐵肩著
⑼雲霧之國 合山 究著
⑼北京城不是一天造成的 喜 樂著
⑼兩城憶往 楊孔鑫著
⑼詩情與俠骨 莊 因著
⑽文化脈動 張 錯著
⑽桑樹下 繆天華著
⑽牛頓來訪 石家興著
⑽深情回眸 鮑曉暉著
⑽新詩補給站 渡 也著
⑽鳳凰遊 李元洛著
⑽文學人語 高大鵬著
⑽養狗政治學 鄭赤琰著
⑽烟 塵 姜 穆著
⑽河 宴 鍾怡雯著
⑾滬上春秋 章念馳著
⑾愛盧談心事 黃永武著
⑾吹不散的人影 高大鵬著
⑾草鞋權貴 嚴歌苓著
⑾是我們改變了世界 張 放著
⑾夢裡有隻小小船 夏小舟著
⑾狂歡與破碎 林幸謙著
⑾哲學思考漫步 劉述先著
⑾說涼 水 晶著
⑾紅樓鐘聲 王熙元著
⑿寒冬聽天方夜譚 保 真著
⑿儒林新誌 周質平著
⑿流水無歸程 白 樺著
⑿偷窺天國 劉紹銘著
⑿倒淌河 嚴歌苓著
⑿尋覓畫家步履 陳其茂著
⑿古典與現實之間 杜正勝著
⑿釣魚臺畔過客 彭 歌著
⑿古典到現代 張 健著
⑿帶鞍的鹿 虹 影著
⒀人文之旅 葉海煙著

⑬¹生肖與童年　小民著　喜樂圖
⑬²京都一年　林文月著
⑬³山水與古典　林文月著
⑬⁴冬天黃昏的風笛　呂大明著
⑬⁵心靈的花朵　戚宜君著
⑬⁶親　戚　韓秀著
⑬⁷清詞選講　葉嘉瑩著
⑬⁸迦陵談詞　葉嘉瑩著
⑬⁹神樹　鄭義著
⑭⁰琦君說童年　琦君著
⑭¹域外知音　張堂錡著
⑭²遠方的戰爭　鄭寶娟著
⑭³留著記憶・留著光　陳其茂著
⑭⁴滾滾遼河　紀剛著
⑭⁵王禎和的小說世界　高全之著
⑭⁶永恆與現在　劉述先著

⑭⑦ 東方・西方

夏小舟 著

東方古老神祕而透徹，溫情而淡漠；西方快樂的吉他演奏悲情的歌。長年浪迹於日本與美國的作者，如同一葉小舟，以其豐富的情感，敏銳地觀察異國生活情趣不同面貌，進而以細膩文筆記錄下來，使讀者能藉由閱讀和其心靈有最深切的契合。

⑭⑧ 嗚咽海

程明琤 著

作者以行世的闊步、觀想的深情，帶領讀者閱歷世界——一同憑弔瑪雅文明的浩劫災難；吟咏廬山的懸松傲柏；繫情塞歌維亞的夕輝斜映；漫遊唐吉訶德的故鄉。更以人文的關懷，心靈的透悟來探思文化、體驗人生、拓昇智慧。

⑭⑨ 沙發椅的聯想

梅新 著

擔任中副總編輯多年，梅新先生經歷了文化界的春去秋來，看多了人事的起伏，由他敏銳的觀察力所發抒成的文字，也更能扣緊時代脈動。本書包含作家訪談、藝文評論、生活自述，透過這些真摯生動的文字，我們彷彿見到一幅筆觸淡雅的文化群相。

⑮⓪ 資訊爆炸的落塵

徐佳士 著

在日新月異的電動玩具之外，您是否亦曾留意到資訊時代來臨在你我生活中所產生的新情境？在傳播媒體提供的聲光娛樂之餘，您是否關心其後所產生的文化衝擊？本書深入淺出為您剖析資訊社會中大眾傳播激盪下的文化省思，值得您細心體會。

151 沙漠裡的狼

白樺 著

像在冷冽的冬夜裡啜飲著濃烈的茶，感受一種在蒼茫大地上，心海澎湃的震顫。那麼地古老、深沈，剎時間，恍若置身廣闊的大漠，一回首，就是長城。這是金鼎獎作家又一直指人性，內容深刻的作品，請您在一個適合沈思的夜晚，漫步中國。

152 風信子女郎

虹影 著

一本能深刻引起讀者共鳴的小說，其必然與人世現實生活有著緊密的關連。本書作者秉持著對人的命運的關切，遠勝於對以往藝術形式的關注，賦予了文學創作的生命。從本書作者對人物刻劃描述的過程中，可窺知作者對此一理念的堅守。

153 塵沙掠影

馬遜 著

生命的旅途中，有許多可掌握的機運，但似乎一半早已註定……。馬遜教授從故鄉到異國求學，最後來臺定居，繼而與佛結了不解之緣。滿懷豐富的情感，細膩的筆觸，深刻的寫下了旅赴歐美等地之點滴情事，而念舊懷恩之情愫亦時時浮現於文中。

154 飄泊的雲

莊因 著

歲月的洗禮，在人們內心深處烙印著痛苦、悲哀、快樂與美好的回憶。由於時代的變動、戰爭的摧折，作者歷盡滄桑的輾轉遷徙，使那些漂流不定、幻化多變的過往，煥發出人生的智慧。就讓我們乘著飄泊的雲，領會「知足常樂，隨遇而安」的生活哲理。

⑮⑤ 和泉式部日記

林文月 譯・圖

本書為日本平安時代文學作品中與《源氏物語》、《枕草子》鼎足而立的不朽之作。書中以簡淨的日記形式，記錄了一段不為俗世所容的戀情。優美的文字，纏綿的情詩，展現出愛情生活中細膩的起伏感受與歡愁，穿越時空，緊扣你我心弦。

⑮⑥ 愛的美麗與哀愁

夏小舟 著

愛情之於女人，常常是引誘飛蛾撲火的明燈，是絢麗的毒花，可女人偏偏渴望愛情。作者列舉許多男女的愛情、婚姻故事，郎才女貌未必幸福，摯情摯愛未必有緣，只是男人與女人之間如同萬物的規則，一物降一物，鹵水點豆腐，魔高一尺，道高一丈。

⑮⑦ 黑月

樊小玉 著

丁小玎隨著所在的中國公司到國外做勞務承包。因為是公司的英語翻譯，加上辦事勤快，見了人又總是一個柔柔和和的笑，於是很快就引起當地大部分男人的注意；而小玎能否在心儀的外交人員與愛慕自己的餐廳老闆間找到最後情感的歸宿？……

⑯⑩ 文學靈魂的閱讀

張堂錡 著

文學的力量使孤寂的心靈得到慰藉，貧乏的人生變得富有，唯有肯駐足品味的人才能透晰其所傳達出最深藏的祕密。本書共分三輯，窺視文學蘊含的殷情深意；感受其求新求變以及對大環境的價值。各自激發不盡的聯想與深沈的感動。

⑯ 抒情時代

鄭寶娟 著

在平淡無奇的生活中，你可曾留意生命中點點滴滴不平凡的小故事？作者以其平實的筆觸，刻劃出看似平凡卻令人難以遺忘的人生軌跡，你我都可能身在其中。書中情節所到之處，或許平凡、或許悲傷，但卻也不時充滿著生命的躍動，值得細細體會。

⑯ 九十九朵曇花

何修仁 著

人生有多少夢境會在現實中重複出現？夢境中，是山間的樵歌？是白雲間的群雁？還是昔日遠方純樸、悠閒的鄉漫步？作者來自屏東，以濃郁深摯的筆調，縷縷細述人生中最動人的記憶，伴隨你我步履於南臺灣的舊日情懷，一同感受人間最純摯的情感。

⑯ 說故事的人

彭歌 著

這是作者多年來觀察文壇、社會與新聞界的肺腑之言。輯一故事與小說自不同角度探討小說寫作；輯二人與文刻劃出許多已逝人物卓然不凡的風範；輯三海外生涯則寫遊記、觀賞職籃等旅居海外之觀感。讀了此書，彷彿親身經歷了一趟時空之旅。

⑯ 日本原形

齊濤 著

從明治維新以來，日本的一舉一動都對世界有著深遠的影響，尤其對臺灣來說，其影響更是巨大。作者長期旅日，摒除坊間「媚日」或「仇日」的論調，以客觀的描述，剖析日本的現形。對想要了解日本時勢與脈動的人來說，是不得不看的一本好書。

⑯⑤從張愛玲到林懷民

高全之 著

作者以嚴謹誠虔的態度，客觀分析的筆調，來評論臺灣當代小說，深深讓讀者了解近代文學的特點，進而深入九位作者的作品中，提供一些深刻的創見，帶領你我欣賞文學的美與實，進而體驗文學對生命喜悅、悲哀等生動的描述。

⑯⑥莎士比亞識字不多？

陳冠學 著

莎士比亞識字不多！一直以來被誤認是個偉大的作者。讀過本書，應能還莎士比亞一個清白，他絕對不是一個掠美者。這把聖火在臺灣重新點燃，希望將來這聖火能夠由臺灣再度傳回英國，傳到世界各地，也好讓莎士比亞的靈魂得到真正的安息。

⑯⑦情思・情絲

龔華 著

「妳，像野薑花；清香，混合在黎明裏，催我甦醒。沒有妳，我睜不開眼睛，走進陽光的世界。她，是我在黃昏裏，永遠踩不到的影子。像夜來香，惑我走進黑夜的濃郁……」本書集結了龔華在〈中副〉發表的散文，篇篇情意真摯，意境深遠，值得細細品味。

國家圖書館出版品預行編目資料

情思・情絲／龔華著.--初版.--臺北
市：三民，民86
面；　公分.--(三民叢刊;167)
ISBN 957-14-2682-2 (平裝)

855　　86010131

國際網路位址 http://sanmin.com.tw

著作人　龔　華
發行人　劉振強
著作財產權人　三民書局股份有限公司
臺北市復興北路三八六號
發行所　三民書局股份有限公司
地　址／臺北市復興北路三八六號
電　話／五〇〇六六〇〇
郵　撥／〇〇〇九九九八——五號
印刷所　三民書局股份有限公司
門市部　復北店／臺北市復興北路三八六號
重南店／臺北市重慶南路一段六十一號
初　版　中華民國八十六年九月
編　號　S 85404
基本定價　貳元捌角
行政院新聞局登記證局版臺業字第〇二〇〇號

ISBN 957-14-2682-2 (平裝)

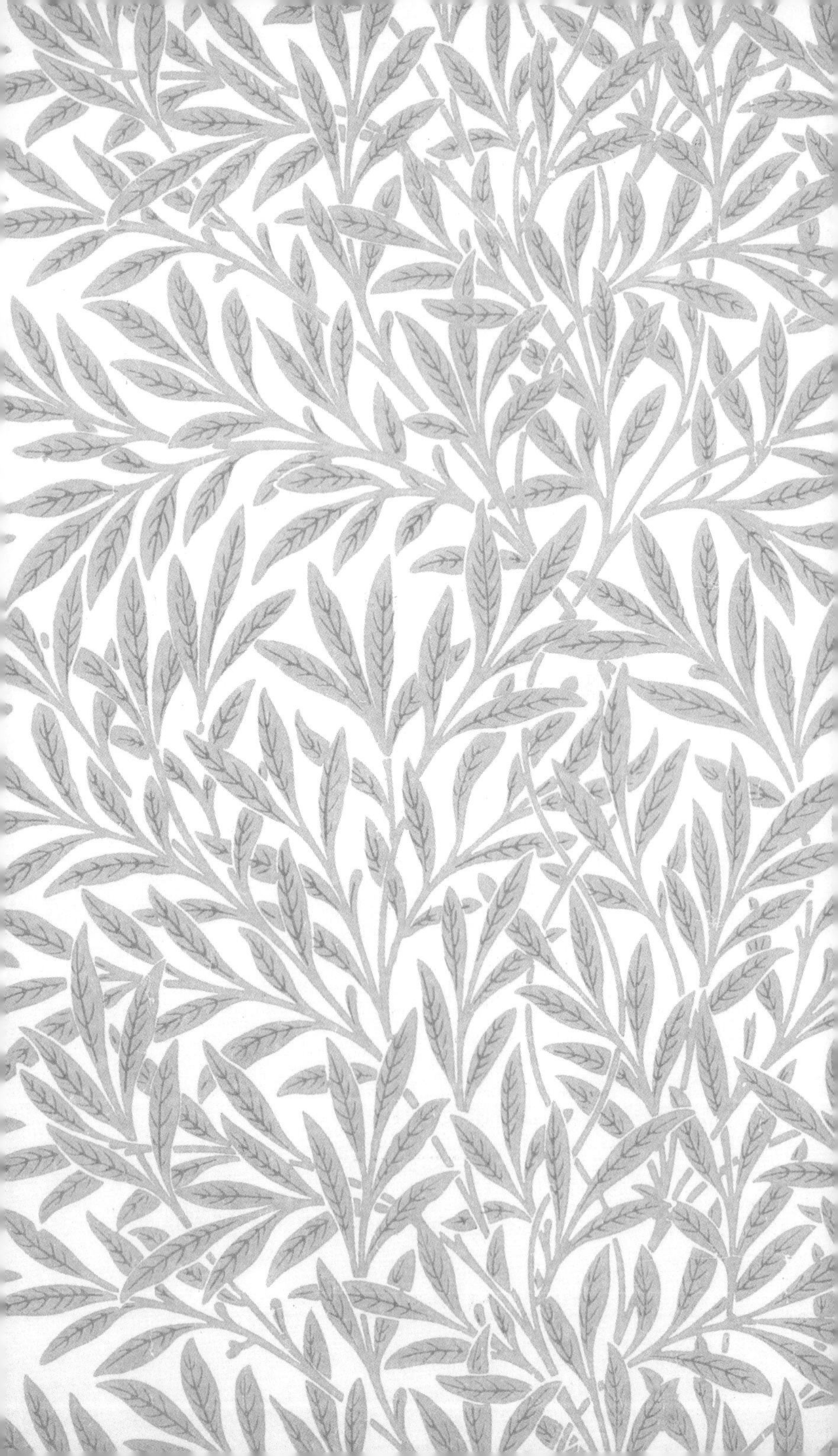